うそうそどき

伊多波　碧
Itaba Midori

文芸社文庫

第一話　蛙の目借り

文政五年（一八二二）二月。ときは晩春。

昼下がりの日差しはあたたかく、窓から入る風もうっとりするほど心地よい。

——春眠暁を覚えず。処処啼鳥《しょしょていちょう》を聞く、と。

倫太郎は胸のうちでつぶやいた。ただでさえ昼餉のあとは満腹で眠くなるし、『六国史』の講義は退屈ときている。

教本を朗読する御儒者の声と、窓外で囀《さえず》るこまどりの声。講堂の内と外から二つの子守唄を聞かされれば、倫太郎でなくとも眠気に負けてしまうのが人の子というもの。なのに三十人いる寮生の頭はいずれも壇上の御儒者に向かってまっすぐ据えられており、小揺るぎもしない。ふらふらと舟を漕いでいるのは倫太郎だけだ。

いや、一人だけ御儒者ではなく倫太郎に目を据えている者がいた。最前列の井上東馬である。東馬はわずかに顔を斜めにひねり、倫太郎を横目で睨《にら》んでいた。

——まったく。

どうしてあいつは、最後列にいるわたしが昼寝をはじめた途端に気づくのだろう。ひょっとして、後ろ頭に目がついているんじゃなかろうな。

うんざりして欠伸を噛み殺すと、東馬の目がいっそう厳しくなった。講義の最中に居眠りするなどとんでもない、とでも言うつもりか。まあ、実際その通りだから申し開きのしようがない。倫太郎は思いきり膝をつねって、無理やり眠気を覚ました。が、小半刻もするとふたたび眠気が差してくる。無理もない。春は暁ばかりか昼も眠たいのである。

講堂の青い窓枠の向こうには、羽根の形につらなる雲が浮いていた。空の色がくっきりとしているのは夏も近い証だ。庭に植えられた花梨の木も日を浴びて気持ちよさそうに枝を伸ばしている。おおらかな白い花も満開、ほんのり上気した面を仰向けてまどろんでいた。

こまどりの囀りは、いっそ歌のよう。花梨のそばには小さな池。はぐれた一枚の花びらをのせた水面が春の空を映している。やわらかそうな下草も、木々の梢で芽生えた若葉も、風に吹かれるまま右へ左へそよいでいた。倫太郎と同じく春眠暁を覚えずとやらで半ば眠りこけているのだろう。

と、そこへ背の高い人影が横切った。

御儒者で、学問所主幹の立花古戸李《こどり》だ。受け持ちの講義がないらしく、講堂の庭を散策している。向こうは倫太郎が見ているのに気づいていないようだった。

古戸李は白髪混じりの痩せた総髪を背に垂らし、書物を数冊脇に抱えていた。しかめ面を仰向け、花梨の花を眺めているのだが、これが似合わない。

何を考えているのだろう、と倫太郎はいぶかしんだ。眉の下の奥目はわずかに憂いを含んでおり、立ち姿がうら寂しかった。年頃の娘でもあるまいし、初老の男が花を見て物思いに沈むとは、どうしたものか。

古戸李はしばらく花梨を見つめていたが、やがて立ち去った。見てはいけないものを見てしまったような気がした。堅物と評判の古戸李が花を眺めていたとは。

倫太郎は今の古戸李の表情を忘れることにした。老人の悲しい顔は見ている者をも悲しくさせる。勝手な当て推量をするのは趣味ではないし、あちらも迷惑だろう。それに古戸李が意外に寂しい老人だなんてことになると、次から講義がさぼりにくくなる。

池では蛙の子が遊んでいた。生え揃ったばかりの小さな手で縁をつかみ、必死に泥の壁を登ってくる。水際にはひと足先に池から出た先輩蛙がいて、四苦八苦している後輩蛙に涼しい目線を送っていた。

――ふむ。

倫太郎は放任主義の先輩蛙に感心した。あれはいい方策だ。いたずらに後輩に手を貸してやるのではなく、なるべく本人に地力でやり通させる。そうすれば高い壁を乗り越えたあとに一皮むけ、よりいっそう地力が強まるというものだ。

そんなふうに思いながら、倫太郎は子蛙の奮闘に見入った。頼りない手足で懸命に池を這い上がろうとする子蛙は見ていて飽きなかった。

さして深くもない池なのに、子蛙はひどく苦労していた。が、先輩蛙は子蛙の奮闘にまるで手を貸そうともしない。突き放しているのか、見守っているのか。倫太郎はその素っ気なさから目が離せなかった。

――がんばれ、あと一息。

先輩蛙の代わりに、倫太郎は小声で声援を送った。いいところまで来ているのだ。あと一寸、手が上に伸びたなら、子蛙は池の外に出られるだろう。

ところがどっこい。蛙の道も容易でない。子蛙はまだ手の力がじゅうぶんでないのか、泥の壁を掴《つか》みそこねてしまった。ああ、と思わず溜息がもれる。子蛙の落ちた池の面には小波が立ったが、それもすぐに消えた。

ふたたび子蛙が花梨の花びらの下から顔を出し、熱心に泥の壁に挑む。不平も不満もない顔で。先輩蛙が涼しい目でそれを見下ろしている。倫太郎の胸はしんとした。

――ひょっとして。

秀斎先生もあの先輩蛙と同じやり方を実践しているのだろうか。幾度、原稿を持っていっても褒めてくれない、戯作者の高坂秀斎の顔が頭をよぎった。

一昨日も倫太郎は講義のあとで秀斎の家に行き、手直しした原稿を読んでもらった。

今度こそは、と毎回思うのだがその期待は常に裏切られる。

切れのいい滑稽味を売りにしている割に、戯作者秀斎の素顔は陰気だった。倫太郎が挨拶をするのに軽くうなずくきりで、ほとんど口も利いてくれなければ、月謝を受け取るとき以外は、まともに倫太郎の目を見ようともしない。

「おい」

誰かの声がした。が、すっかり上の空だった倫太郎は返事をしなかった。

「おい、聞いてるのか」

また同じ声が言う。

「講義は終わったぞ」

苛立たしい声が頭にかぶさったと思うと、目の前に仏頂面が突き出された。それでようやく我に返り、倫太郎はまばたいた。

「何だ、東馬か」

「何だとは何だ。ぼんやりしおって。いつまでそうして、よそ見をしているのだ」

「よそ見ではないぞ。蛙の寺子屋をだな――」

「ええい、うるさい」

東馬はひと言で倫太郎の話を遮り、勝手に窓を閉めてしまった。この男は旗本の子息で坊ちゃん育ちのくせに、どうにも短気である。

「今の講義で寝ていただろう。蛙に目でも借りられたか」

　蛙が目を借りにくる、とは。若いくせに年寄りくさいことを言う男だ。

　昔、倫太郎が縁側でうとうとしていると、祖母に肩を叩かれ注意された。

（そんなところで寝なさるな。ぼんやりしてると蛙に目を借りられてしまいますよ）

　蛙に目を貸すから眠くなるなんて、先人はうまいことを言う。

「今日こそは逃がさぬ。一緒に帰るぞ」

「一緒に帰るも何も、すぐそこではないか」

　倫太郎と東馬は講堂のすぐ目と鼻の先にある学寮で暮らしているのだ。散策にも足りない道のりを共に歩いて、どうしようというのか。

「お前はいつもそうやって逃げるだろう」

　太い眉をきりりと上げ、東馬は高い声を出した。倫太郎の前に立ちふさがり、一歩も先に進ませようとしない。

「わかったよ。一緒に帰ろう」

　倫太郎はうんざりして言った。ここで否を唱えたら、頭一つ背の高い東馬に首根っこを掴まれそうである。本当はこのあとでまた秀斎のところへ行くつもりだったが、こうも東馬がうるさければ無理だ。

　講堂を出ると、わずかに西に傾きかけた日差しが額を照らした。すると、蛙の子どもに見とれていた間に半刻近く経ったのか。まさに光陰矢のごとしである。

つい先に新入生が入ってきて、歓迎花見会を催したばかりと思っていたのに、もう葉桜の季節が終わりかけている。

――考えてみれば。

もう春も末だものな、と倫太郎は空を見た。風は花の匂いがするが、淡い色に染まった雲はほとんど夏の形だ。

寄宿舎に入って、これが三度目の春。慣れない武家言葉にも多少はなじみ、寮では世話役をつとめるようになった。たいした出世だと田舎の親もよろこんでいるだろう。しがない名主の次男坊がお旗本の子息と学友となり、こうして共に歩いていると知ったら、父は涙ぐむかもしれない。母は自慢しているかな。年貢を納めにきた小作を捕まえ、うるさがられるのもかまわず、倫太郎のことばかりしゃべり散らしているだろうか。

江戸の学問所に行ったらどうだ、と倫太郎に勧めたのは父だった。四年前、真夏のたそがれどきに庭で行水をしていたら、背中越しに言われた。

「お前の頭を生かすにはそれしかあるまい」

名主とはいえ越後長岡の片田舎の生まれで、しかも次男坊。三つ上の兄と比べると倫太郎の行く末は端から地味だった。江戸や大坂ならどこぞの大身の家にでも養子の口をさがすところだが、田舎のことゆえそんな口もない。

「お武家の子になれば、きっとお前は御儒者になれる」

父は幼い頃から神童と噂されていた次男坊が、このまま田舎で燻《くすぶ》っていくのを哀れに思っていたのだろう。それで江戸の学問所に通わせ、御儒者にしようと考えたのである。

日頃は無口でおとなしく、家つき娘の母に押さえつけられていた父だが、それからの行動は迅速だった。どういう伝手を頼ったものか、江戸に住む御家人の家と養子縁組の話をまとめてきたのが半月後、倫太郎はじっくり考える暇もなく実家を出され、気づけば旅の人となっていた。

養父の水島吉衛門も懐の大きな侍で、急に飛び込んできた倫太郎を我が子のように歓待してくれた。倫太郎を御儒者にしたい父の願いを受け継ぎ、すみやかに学問所の寄宿舎へ入寮の願書を出したのである。本気で学究の徒をめざすなら、いっそ学問所の寄宿舎で暮らしたほうがいいとの配慮だった。

義父につれられ麻上下《あさがみしも》で聖堂に参拝したのが三年と半年前、そのときになってはじめて、倫太郎は吉衛門が少なからぬ金品を学問所へ寄付したのを知った。彼は養い子の倫太郎を寄宿舎へ入れるために、妻の一張羅の羽二重から腰の大小まで質に預けたのである。

自分の立場が恵まれているとは、倫太郎自身が一番よくわかっている。わかっているのだが――。

胸の底には憂鬱があった。この頃、倫太郎は浮かない気持ちをもてあましていた。といって誰に話せるものでもない。もし倫太郎が学問のかたわら戯作者のもとへ通っていると知ったら、二人の父が悲しむのは間違いなかった。

実父と養父の計らいで倫太郎は学問をさせてもらっているのだ。定員三十名の寄《き》宿稽古人《しゅくけいこにん》の一人に選ばれるということ自体、人にうらやまれる僥倖である。自分の悩みが不埒であるのは承知していた。

晩春の空に淡いたそがれがにじんできた。雨が近いのだろう、頬にふれる風が少し湿っている。

「無口だな。何を考えておる」

歩きながら東馬が訊いた。

「いや、とくにどうということもない。眠いだけさ」

倫太郎の返事が気に入らないのか、東馬は鼻を鳴らした。

「そういえば、お前の部屋は遅くまで灯りがついていたな。講義のおさらいをしていたのか」

東馬はさぐるような調子で言い、一瞬目の奥を揺らした。怯えた子どもの表情である。

「まあ、そういうことにしておこうか」

倫太郎は適当に言葉をにごし、頭を掻いた。本当は秀斎に突き返された原稿を直していたのだが、正直に言う必要はあるまい。

東馬はやはりそうか、という顔でうなずいた。東馬は怠け者の倫太郎が、実は陰で大変な精進をしていると思い込んでいるのだ。

「わたしの部屋に灯りがついていたのを知っているのなら、そなたも昨夜は遅かったのだな。講義のおさらいをしたのかい」

「な……、違うぞ」

深い意味があって言ったわけではないが、東馬は倫太郎の反問に真っ赤になった。

「わたしは――、わたしは家に文をしたためていたのだ。おさらいをしていたのではない」

「ふうん」

「信じないのか?」

「別に。信じるよ」

むきになった東馬に笑いかけ、倫太郎は大きくうなずいてみせた。気まずい沈黙がただよい、東馬の足音が高くなった。腹を立てているのだ。

また怒らせたな、と思ったが、悪気があったわけではないので放っておいた。頭に浮かんだ問いを投げただけだ。東馬は図星を指されてうろたえたのかもしれないが、ならば最初から嘘をつかなければいい。

しばらくむっつりと歩いていた東馬が、いきなり顔を向けた。

「そうだ、考えてあるだろうな」

「ん？　何の話ぞ」

「決まっているじゃないか、新入生のことだ」

そうだった。先日から、しつこく寮の規律について話し合おうと言われていたのである。

「しっかりしろよ。お前がそんなふうだから、新入生がつけあがるのだ」

東馬は横目で倫太郎を見下ろし、また鼻で笑った。

「知ってるか」

「いや、知らない」

倫太郎は条件反射でかぶりを振った。どうせ不愉快なことを言うつもりなのだろう、そんな話は聞きたくない。

「聞く前から否定する奴があるか」

東馬はうんざりした顔で言った。

「今日の六国史の講義だが、そなたのほかにも居眠りをしている者がいたのだ。知ってるか」

「だから知らぬと申しているのに」

こっちもうんざりする。居眠りをしていたのだから、わかるはずがない。東馬は新入生の名を出した。

「学問所へ入ってまだひと月だぞ。たったひと月で気がゆるむなど、言語道断だ」

人差し指を立てて東馬はいきりたっている。

若いなあ、と倫太郎は思った。

東馬は三つ年下の十七。

二十歳の倫太郎からすれば、弟のようなものだ。

居眠りをしていたという新入生のことなら、倫太郎も気になってはいた。彼の部屋の灯りも毎晩遅くまでついているのである。朝方まで起きて学問に励むことも頻繁なようだ。何度か、倫太郎の部屋へも質問に来ている。

（わたくしは、皆より頭の出来が悪いものですから。人の倍やらないと、皆に追いつけないのです）

新入生はそう話していた。

しかし、それを東馬に教えるつもりはない。見えないところで必死に精進しているのだ。言えば、新入生は屈辱を覚えるだろう。

「放っておけばいいじゃないか、居眠りくらい。騒ぐわけでなし、講義の妨げにはならなかろう」

「本気で言ってるのか」

「もちろん本気だとも。入学からひと月といえば、そろそろ疲れが出てくる頃だ。それでなくとも朝から晩まで書物と首っ引きなんだ、昼餉のあとには眠くもなるさ」

倫太郎の言葉を皆まで聞かず、東馬は鬱陶しそうに目をつぶった。もう何も聞きたくないといった顔である。

「呆れた奴だ」

「そうかな」

「ともかく話し合いをしよう」

東馬は断固とした口調で言い切った。

毎年この時期になると、決まって新入生の一部がだらけはじめる。東馬にはそれが許せないらしい。規律が乱れ、寮全体の空気がゆるむというのだ。

そこで、共に寮生の代表をつとめるわたしと東馬の二人で話し合いを持たねばならぬと、こうきた。学問所の寄宿舎では、東馬が寮生の頭取で倫太郎が世話役。すなわち級長と副級長のような役割を担っているのである。

さも嘆かわしいというふうに、東馬が嘆息する。

「今年の新入生は駄目だ」

「決めつけるには早いぞ。居眠りをしたのは一人だけだろう」

それも怠けて寝たわけではない。

新入生は全部で八人。一人の過ちで全体を罰するのは短慮だと、倫太郎は思う。しかし東馬はかたくなに首を振った。

「一人が駄目なら一緒さ。じきに全員駄目になる」

「同じせりふを去年も聞いた気がするな」

東馬は一年前のこの時期にも、まったく同じことを言ったのである。駄目だ駄目だとしきりに。

ついでに言えば、新入生だった年には倫太郎も先輩から同じ説教を受けた。

（今年の新入生はたるんでおる）

たしか東馬も一緒に説教を受けたのではなかったか。東馬は忘れたのかもしれないが、倫太郎は憶えている。

（わたしは――、わたしはたるんでなどおりませぬ。ほかの新入生とは違って、日夜精進しておりまする）

東馬は涙声で先輩に抗議したのだった。怠け者の同輩と十把ひとからげにするなどひどい侮辱だと、端正な顔を青くして怒ったのだ。

ほんの二年前の話である。涙声で「皆と一緒にしないでくれ」と叫んだ東馬が、今や「今年の新入生は駄目だ」と八人を十把ひとからげにして語るのだから埒もない。立場が変われば主張も変わるということか。

さらについでに言うならば、倫太郎たち新入生が先輩に説教を受けたのは、東馬の居眠りがきっかけだったのである。あとで先輩に呼び出され、こっそり聞かされた。(おさらいが大変なのはわかるが一応な、お前からそれとなく注意しておけ)と。

そういう新入生は毎年いるらしい。

東馬とつれだって歩く倫太郎を、木戸門に立つ若い下番がおもしろそうな目で見送った。おやまあ、めずらしい取り合わせで、と顔に書いてある。講義のあとに散策へ行くのを日課にしている倫太郎が門を素通りし、犬猿の仲とささやかれる東馬と肩をならべているのがおかしいのだ。

――ちぇ、何とかしてくれよ。

倫太郎は下番の佐吉に精一杯の目線を送った。頼む、この間も教本を貸してやったじゃないか。

佐吉は倫太郎と同じ二十歳で、かつては仰高門《ぎょうこうもん》日講を受けていた百姓の倅である。学問には熱心だったようだが、如何せん武家でないため踏み込んだ勉学ができなかった。武家へ養子に入ろうにも口がなく、やむなく志半ばで学究の徒として生きる道をあきらめたのだが、学問所通いへの未練を捨てきれず、三日三晩通いつめて下番に採用してもらったという。

倫太郎の実家は越後の名主で、ときには小作と一緒に田にも出たりしたから、百姓の佐吉とは話が合う。中途で止まっている学問の足しになればと不要になった書物をやると、佐吉は涙をこぼさんばかりによろこぶ。

今こそ日頃の恩を返してくれという倫太郎の念は通じた。佐吉は小さくうなずくと、辺りをきょろきょろと見回した。うるさい御儒者や役人がいないかどうか、前もって確かめているのだろう。

「だいたい、寄宿稽古人に選ばれたという自覚がないのだ」

東馬はまだ新入生に対する不平を並べている。

紋白蝶が飛んできて、東馬の肩の辺りにまとわりついた。初々しい感じのする蝶だ。つかず離れず、東馬の周りを回遊している。

「お前もそうだ。世話役が居眠りでは、後輩に示しがつかぬ」

苦々しい声で言いつつ、東馬は煩わしそうに蝶を手ではらった。それでも蝶は離れない。かまわれるのがうれしいとでも言いたげに、上へ下へと手を躱しながら飛んでいる。

佐吉が倫太郎に目で合図を寄こした。声を出さず、腕を上げてみせる。佐吉の腕の中には寄宿舎の庭に住みついている雌猫がいた。

「あ、虎子《とらこ》」

倫太郎は偶然見つけたふうを装って指を差した。途端に東馬の肩がびくつく。

「虎子だと？」

東馬は猫嫌いなのだ。

「佐吉に抱かれてら。かわいいなあ」

倫太郎が呑気な声を出す横で、東馬が首や腕を掻いている。子どもの頃から猫の毛がつくと湿疹が出る体質で、今では「猫」と聞くと条件反射で身体がかゆくなるらしい。

「やめてくれ」

東馬は泣き声を出した。虎子は眠そうな目をしばたたき、かゆさに悶絶する東馬を呆れたように眺めている。

倫太郎が寄宿舎に入った年の春、どこからか迷いこんだ猫が寮の縁の下で五匹の仔を生んだ。虎子はそのうちの一匹である。ほかの四匹はお役人の家に引き取られたり、いつのまにか姿を消したりして、虎子だけが残った。

虎子は寄宿舎の庭が気に入ったらしく、役人がいくら追い立てても出て行こうとしない。賄所の親爺がこっそり餌をやっているので、毛並みもよく丸々と太っている。三歳になったばかりというのに、近頃では寄宿舎の主といった雰囲気が出てきた。まだ東馬は身体を掻いている。堂々たる青年武家が一匹の雌猫に完全に負かされているのだった。

――よし、今だ。

倫太郎は足音を忍ばせ、その場を離れた。東馬の気が逸れている間に木戸門へ走る。片目をつぶる佐吉の脇をすり抜け、木戸門の外に出た。東馬は気づかない。すれ違いざま、佐吉の腕にいる虎子が長い尻尾をぞんざいに振り、いってらっしゃいの挨拶を寄こした。

門を出ても、倫太郎はしばらく足をゆるめなかった。この先には裏門がある。学問所にはいくつも門があるのだ。木戸門と裏門の二つをくぐってはじめて、学問所の外に出られるのだった。

駆け足で急ぎ、倫太郎は裏門をまたいだ。

ふう、とひと息ついて立ち止まり、やれやれと肩をすくめる。東馬の足音はついてこない。どうにか無事に逃げおおせることができた。

日暮れ前の通りは大勢の人が行き交っていた。袴をつけた若い武家の姿もちらほら。

自宅から学問所へ通っている者だ。

さて、これからどうしようか。倫太郎は迷い足で進みながら考えた。秀斎のもとへ行こうにも、あいにく原稿は寮の自室に置いてある。空手で行っても話にならないし、秀斎も迷惑するだろう。

――そうだ。

佐吉が足しげく通っている貸し本屋に行ってみようか。いつもは佐吉に頼んで借りてきてもらうのだが、せっかく外に出たのだ。

貸し本屋は神田にあると佐吉が言っていた。店の名は〈ざくろ〉だったか。本郷湯島から神田まで歩いて小半刻。走っていけば刻限の暮六つまでには帰ってこられる。

「うん」

小さく声に出してうなずき、倫太郎は勢いよく踵を返した。神田へ行くなら方向が逆だった。

振り向いた途端、鼻先を白っぽいものがかすめた。やわらかいものが身体にぶつかり、けぶったような花の香りが立ち昇る。

「あっ」

倫太郎はあわてて腕を伸ばした。突然踵を返したものだから、後ろを歩いていた人が驚いてよろめいたのである。

ぶつかったのは小柄な老女だった。藤色の小袖に涼しげな日傘を差し、乱れた裾を押さえている。

「申し訳ない。お怪我はありませぬか」

「ええ、大丈夫ですよ」

老女はまぶしそうに倫太郎を見上げ、垂れた目をほころばせた。老女の足元に着物と揃いの藤色の巾着がころがっていた。今の拍子に落としたのだろう。

倫太郎は老女が手を伸ばすより先に、巾着を拾った。中から白い三角の包みがいくつかこぼれている。

「申し訳ありません」

ふたたび腰を折って白い包みを拾い、埃をはらって老女に差し出した。

「急いでいたもので――」

「気にしないでいいわ、何ともありませんから」

老女は娘のような細い声で言い、ためらうように唇をすぼめた。

「あなた、ここの学生さん？」

「はい」

「……」

一瞬の無言ののち、老婆は巾着に手を差し入れた。

「立花古戸李って先生がいるんだけれど、ご存知かしら」

小さな手には結び文が握られていた。倫太郎がうなずくと、老婆はふたたび唇をすぼめた。

「そう、よかった。これを立花先生に渡していただきたいの」

「はあ」

「お願いしますね」

倫太郎の手に結び文を託し、頭を下げると、老婆は道を引き返していった。日傘がくるりと翻ったとき、ふたたび花の香りがした。丸い日傘が遠ざかり、上品な花の香りがあとに残った。


老女は春風のように去っていった。

五十路に差しかかろうという年回りにしては、かわいらしい老女である。結び文を倫太郎に託したときのはにかんだ表情など、その辺の蓮っ葉な町娘よりずっと初心な感じがした。

——誰だろうな。

武家の女子ではなかった。裕福な商家の内儀だろうか。あるいは倫太郎と同じく、名主の家の人か。

妻ではない。古戸李の妻は何年も前に亡くなっていると、噂で聞いていた。その姉か妹――ということもないだろう。

つまり、これは妻ではない女子からの付け文なのだ。偏屈で気難しい古戸李に恋仲の女子がいるなど到底信じられないが、そういうことなのだろう。

掌の中の結び文にも花の香りがした。丁寧に畳まれた折り目がいかにも几帳面で、そこに恵まれた暮らしぶりが窺える。

老女の日傘が雑踏にまぎれて見えなくなった。家路を急ぐ男や女が通りの中途で立ち止まる倫太郎を胡散くさそうに見遣り、足早に追い越してゆく。

倫太郎は結び文に目を落とした。まばたいても老女の姿は見当たらない。花の香りも失せ、掌の中の手紙はおもちゃめいた軽さだった。いつもと変わらぬ雑踏の中で、束の間の白昼夢を見たのかもしれない。

歩きながら少し考え、倫太郎は結び文の端をほどいた。神田へ行くより、こっちの中身が気になる。

古戸李さま――

想像したとおりの流麗な文字に、胸がどきりとした。自分宛でもないのに緊張する。

どこかで老女が見咎めているのではないかと、倫太郎はとっさに辺りを見回した。

「よくないな、人の手紙を盗み見するなど」

ひとりごち、ほどいた結び文をもとに戻す。

いったんは袂にしまったものの、数歩も行かぬうちにふたたび気にかかってきた。倫太郎は足を速めて歩き、そして立ち止まった。

やはり文の内容が気になるのだ。

どうせ、はじめのところは覗いてしまったのである。一部見るのも、全部見るのも一緒ではないか。倫太郎は勝手な理屈をつけて結び文をといた。

「おや」

意を決して開いた割に中身はあっさりとしていた。古戸李さま、という呼びかけのあとには短い歌があるきり。

「蛙?」

文に記されていたのは短歌だった。それだけ。追伸もない。紙の隅に小さくはなえ、と名が記してあった。

「はなえどの、か」

あの老女にふさわしい可憐な名だと思った。が、それにしても不思議な手紙である。この歌にはどういう意味が込められているのだろう。蛙から目を取り戻しました、とは。

　ひとまず文を結び直して袂に入れたとき、暮六つを知らせる鐘が聞こえた。寄宿舎の門限の時刻だ。急いで戻らないと門を閉められる。倫太郎はかぶりを振りつつ、来た道を戻った。


　寄宿舎の学寮は三棟に分かれており、風呂場は南寄宿所の西端にある。

「遅かったな」

　倫太郎が風呂場の戸を開けると、東馬が下帯一つの姿で待っていた。

「あまり遅いから、別の者を呼ぼうと思っていたのだぞ」

「なにもそんな格好で待っていることないだろう。風邪を引くぞ。先に入っていればいいじゃないか」

　手早く着物を脱ぎながら、倫太郎は言った。遅れたのは悪かったが、東馬も東馬だ。いくら二人一組で入浴するのが決まりといっても、半裸で来ない相手を待っていなくとも先に湯を浴びていればいいのに。

「それでは規則に反する」

　東馬は不満声で言い、ようやく湯殿に向かった。

「お前を待っている間に身体が冷えた。すまぬが、早いところ背を流してくれよ」

倫太郎はわかったよ、と答えて帯をといた。

この寄宿舎では、なぜかお目見え以上の子弟とお目見え以下の子弟とが一人ずつ、一緒に入浴することと定められている。なんでも入学時の席次をもとに組み合わせを決めるのだとか。

ここでも倫太郎の相手は東馬。世話役と頭取が二人一組で風呂に入っているのだ。入学時の席次では首席が倫太郎で、次席が東馬だったのである。それで両名が寮生の代表をつとめ、共に入浴することとなった。

——いやはや。

融通の利かないお坊ちゃんだ、と倫太郎は苦笑した。倫太郎が来るまでずっと、下帯一つで待っていたのだろうか。

今日は特別に背中でも流してやろう、倫太郎は帯を乱れ箱に投げ入れ、着物を脱いだ。

はらり、と白いものが袂から落ちる。

「しまった——」

忘れていた。倫太郎は結び文を拾い、うろたえた。はなえに託された手紙をまだ古戸李に渡していなかった。

あの日、倫太郎は寄宿舎に戻った途端、東馬に捕まったのである。湿疹で肌を赤くした東馬に、お前はそれでも世話役か、新入生の堕落について何の策もないのかと詰め寄られ、夜遅くまで話し合いをさせられたのだ。それでつい、文のことを失念した。

「まずいな」

はなえが悲しむ顔が瞼をよぎり、居ても立ってもいられなくなった。今すぐにでも古戸李のもとへ文を届けなくては。

倫太郎は脱いだ着物を身につけ、帯を適当に結んで風呂場を出た。

古戸李の住まいは学問所の敷地内にある。いきなり訪ねていくのは失礼だと思うが、この際仕方ない。

果たして、古戸李は在宅だった。

「こんな時刻に何の用だね」

不機嫌を隠さぬ顔で言い、正面から倫太郎を見据える。

「申し訳ありません。実は一昨日、先生宛にお預かりしたものがございまして」

玄関はひっそりとしていた。履物も古戸李のものとおぼしき草履が一足あるきりで、空気の底に物寂しい感が流れている。

誰もいないのだろうか、倫太郎は思った。ひっそりとした廊下の向こうで魚の匂いがしているが、物音はない。妻が亡くなったとはいえ、子の一人や二人いそうなものだが。

「何を預かったのだ」

古戸李が不審な声を出したので、倫太郎は結び文を差し出した。

「はなえどのという方からです」

「……」

額に刻まれた皺が深くなった。

「あの――」

「早く渡しなさい」

古戸李は気忙しげに言い、倫太郎から文を受け取った。はなえという名に反応したのだ。倫太郎がはなえと会った経緯を話している間、古戸李はいっさい顔を上げず、物憂い目で結び文を見つめていた。


水島倫太郎が去ったあとも、しばらく古戸李はその場に佇んでいた。

――いったい。

どういうことだろう。なぜ急にはなえは文を寄こしてきたのだ、何かあったのか、と矢継ぎ早に疑問が浮かぶ。

古戸李はもどかしい思いで結び目をほどき、なつかしい文字と再会した。

寺子屋の師匠をしていた父ゆずりの達者な行書で、はなえは古戸李に呼びかけていた。

いくとせを乗り越えようよう蛙が言いにけり我が目返さんと

ようやく蛙が目を返してくれました。

古戸李はもう一度、歌を読んだ。

口に出して歌を読むと郷愁が胸をつく。耳に聞こえるのは年老いてしわがれた己の声だが、頭ではささやくような甘い声が響いている。

昔、古戸李はこれの対となる歌をもらったことがあった。


「お眠いのですか」

ちょうど今くらいの季節だったか。三十三年前の春、古戸李は寺子屋からの帰り道で、はなえと話していた。

「うん？　すまぬ、ついうっかり――」

目をこすって苦笑いをする。相槌を打っているつもりで、古戸李は舟を漕いでいたのだ。

「疲れていらっしゃるのですね。昨夜も遅かったのですか」

ていても勝手に瞼が閉じてくる。

「ええ、まあ」

ここのところ勉学で忙しく、朝方まで書物に向かう日々がつづいていた。歩いていても勝手に瞼が閉じてくる。


はなえはうつむいて笑い、座りましょうと言った。

弱い風の吹く午後だった。田んぼの畦道を行った先の小道に花梨の木が立っていた。朽ちかけた卒塔婆《そとば》がいくつかならぶ寂しい原っぱだが、頭上で清楚な花が揺れている。

古戸李は花梨の木にもたれた。二人で腰を下ろしても、特に話すことはない。はなえはおとなしい娘で、自分からはめったに口を開かなかった。

いつからか寺子屋帰りにはなえと連れ立ち、ここで短いときを過ごすようになった。黙っていても気詰まりに感じることはなかった。二人で花の下に佇み、同じ風に吹かれているだけで不思議と心が満ちた。

古戸李が十九で、はなえが十六。洟垂れの頃から通っている寺子屋で、今も残っているのは自分一人。ときに師匠の代わりをつとめることも多くなった。

誰に何を言われなくとも、周囲がどんな目で自分と師匠の娘のはなえを見ているかわかっていた。授業のあと、内気なはなえが黙って自分についてくる意味も、ときおりちらと向ける目の奥に揺れる恋情にも、むろん気づいている。

座っているとよけいに眠気が強くなる。横を向いて欠伸をし、古戸李は申し訳ないと詫びた。はなえはかぶりを振った。

「古戸李さまは、いつも学問に熱心でいらっしゃるから」

はなえは伏し目がちにつぶやき、いいのですよと付け加えた。「どうぞ、お眠りください」

どうして、あのとき古戸李ははなえの厚意に甘える気になったのだろう。

自分で頬を叩くか、耳を引っ張るかして眠気を覚まし、家に帰ればよかったのだ。

嫁入り前の娘の前で眠るような軽はずみをしたのは、愚かしい過ちだった。

古戸李は腰を上げなかった。立ち上がる代わりに、とろりと重い眠気に身を任せた。

睡魔に負けたふりをして、はなえの膝に頭を預けるなど不埒もいい加減にしろ、と昔の自分がはがゆくてならない。

はなえの胸のうちを知っていたのに、いや知っていたからこそ、古戸李は甘えたのかもしれない。

十六のはなえの膝はやわらかく、それこそ雲の上でうたた寝をしているようだった。

半ば夢とうつつをさまよいながら、自然と笑みがこぼれてくる。

遠くで水の音がするのは田んぼが近いせいだろう。蛙の声もする。春なのだ。鳴き声は意外と近くに聞こえた。

「いらっしゃい」

誰に呼びかけたのだろう、はなえの声は笑みを含んでいた。かすかな花の香りが動き、はなえが腕を伸ばす気配があった。

薄目を開けると、白い掌につややかな蛙の子が乗っていた。大きな目をきょとりとさせて、機嫌よさげに喉を鳴らしている。

「すごいな、ここまで歩いてきたのか」

「畦道をたどってきたのですね。元気のいいこと」

はなえの手の上にいるのは、指の先ほどの小さな子蛙だった。つい先までおたまじゃくしの尻尾をつけていましたという風情で、顔つきも幼い。

「きっと、この子があなたの目を借りにきたのですね」

「え?」

「蛙の目借りどき、と申すでしょう」

それでわかった。はなえは古戸李の居眠りのことを言っているのだった。

今時分のような晩春の、あたたかくて眠くなる季節のことを「蛙の目借りどき」というのである。仕事や家事をしていて、ついうたた寝をしてしまうのは、蛙が自分の目を借りにくるせいらしい。

古戸李はまだはなえの手の上にいる子蛙を見て、ふっと唇をゆるめた。たしかに、そのとおりかもしれない。

「ね、だから少しお眠りくださいませ」

はなえの手が恥じらいながら下りてきて、古戸李の瞼を覆った。淡い花の香りと甘い薄闇。毎年沈丁花が咲くと、はなえは地にこぼれた花を拾って小袋につめて帯に挟む。手製の香り袋だと言っていた。はなえはそうしたことの好きな、かわいい娘だったのである。

本当に、あのときの自分は不実だった。

はなえと相惚れなのを承知していながら、古戸李はその裏で縁談を進めていたのだ。相手は、湯島の学問所で御儒者をしている父の知己の一人娘。一度も会ったことのないその娘と夫婦になると、古戸李は内心で決めていたのだった。


気がつくと、焦げた匂いがしていた。

鰆《さわら》を煮付けていたことを思い出し、古戸李はあわてて厨へ行った。弱火にかけていた鍋は出汁が蒸発し、底がすっかり焦げついている。

火を消して鍋を流しに置く。鰆は駄目になったが食欲も失せ、惜しい気もしない。古戸李は捨てるつもりで、鍋ごと鰆に水をかけた。

急に冷や水を浴びたせいで、みじめな煙を上げる鍋を眺めた。一人住まいが長くなり、自分で膳をととのえるのにも慣れたはずだった。下女がつくる菜をあたためるくらい何ともないと、普段は思っている。

それが今日は身に堪えた。

古戸李は鍋を放ったまま、文を手に書見の間に入った。行燈に火を入れて、部屋の隅に腰を下ろす。小筆で記したはなえの文字が、薄明かりの中に浮かんだ。

あらためて歌を読み返し、丹念に筆跡を目で追う。古戸李が五十二になったように、はなえも四十九になっているはずである。しかし、その文字に衰えは感じられなかった。流れるような文字は墨の色もあざやかで、凛とした芯がある。

蛙から目を取り戻したというなら、はなえは古戸李に会いにきたのだろう。会いたかった。互いに人生の終わりが見えかける年齢にきていた。これを逃して、次があるとは思いがたい。

しかし、どんな顔をして会えばいいのだろう。古戸李は自分がはなえにした仕打ちを、いまだによく憶えていた。


次に花梨の木の下で逢瀬をしたのは、十日後のことである。

古戸李が江戸の御儒者のもとへ婿養子にいくと告げたとき、はなえは言葉を失った。泣くか責められるかのどちらかだと覚悟していたのに、はなえは血の気の引いた顔で懸命に笑みをつくり、幾度もうなずいた。

「そうですか」

「申し訳ない。いや、その」

「おめでとうございます。父もきっと、よろこぶでしょう」

はなえは涙ぐみもしなかった。にこやかに祝福してくれた。痛々しい笑顔を直視できず、目を逸らしたのは古戸李のほうだった。

「だから、はなえどのとはもう――」

「承知しております」

きっぱりとした声ではなえが言い、それで終わった。もとから正式な許婚であったわけでない。しかも古戸李は、恋を匂わす言葉を周到に避けていた。はなえのことは好きだったが、妻にする娘ではないと最初から決めていたのである。

古戸李の父はかつて学者を目指していた。若い頃には学問吟味を受けたこともあるらしい。が、どうしても受からず、悔恨を残したまま所帯を持った。そのせいか次男の古戸李に学問の才があると知った父は、早いうちから養子縁組の口をさがしていたという。自分の代わりに息子を御儒者にするのが、父の夢だった。

物心ついたときから、古戸李は「学者になりなさい」と父に出世を説かれていた。お前には学才がある、それを頼りに立身出世をめざすのだ。よけいなことは考えなくともよい、と。

家は小身で貧しかったから、実際それ以外に出世の道はなかった。古戸李は自分がはなえを捨てるのは男として至極当然だと思い込むことで、己の罪悪感に目をつぶった。恋情などいっときの心の迷い、振り捨てて進むが男なのだと、そう信じていた。

その日はほっとしたような拍子抜けしたような、何とも落ちつかぬ心地ではなえと別れ、帰途についた。ともかく言うべきことは言ったのである。

しばらくして、はなえから文が届いた。


蛙の子短き手足を振りてくる言いし我にその目貸してほしいと

それを読み、古戸李は晩春の日の原っぱを思い出した。花梨の花咲く昼下がり。白い掌の上で一匹の子蛙が鳴いていた。

はなえがあの日の情景を詠んでいるのはすぐにわかった。が、意図が判然としない。梅雨も去り、季節は夏に差しかかっていた。わざわざ眠くてたまらないと訴えているはずもあるまいし、はなえは何を伝えたいのだろう。

「おや」

古戸李は文が二重になっているのに気づき、湿気でくっついている裏の紙をそっとはがした。

歌はもう一首あった。

白き花見上げて思ふ遠い春いつか行かん蛙から目を取り戻し日は

そうか、と古戸李は悟った。

これは恋文だ。もう一枚あると知らずにいたら読み落とすところだった。はなえらしい歌だ。つつましやかでおとなしく、常に相手のことばかり案じている、はなえはそういう娘だった。

恨みごとの一つも言わなかったはなえがいじらしくて、古戸李は胸が詰まった。

（わたしは蛙に目を貸すことにしたのです）

はなえの歌は切々と訴えていた。

（ですから、何も見えません。あなたがわたしを捨てて別の女子と夫婦になるのも、この村を出ていくのも。心配なさらないでください。わたしは一人になっても大丈夫です）

笑っているのに、泣いているような歌だった。きっと精一杯の強がりなのだろう。古戸李の負担にはなるまい、と気遣ってくれたのだと思う。

（いつか蛙に目を返してもらう日が来たら、あなたに会いにいきます）

はなえの本音はここにあった。奇妙にかすれた筆跡に、はなえの揺れる心があふれていた。

古戸李は歌を返さなかった。

どう言葉をつくろったところで、自分がはなえを踏みつけにしたことには変わりがない。よけいな気を持たせてはかえって傷つけるだけだ。というのは建前で、本音を言えば、逃げ出したのだ。古戸李は純な娘の必死の告白に怯《ひる》み、詫びることも開き直ることもできずに目を覆ったのだった。

その日、古戸李は自分の心に楔《くさび》を打った。はなえのことを封印し、なかったものとした。

以来三十年と少し。古戸李は学問一筋に猛進してきた。一日も早く、義父のような御儒者となるのだと決めていた。

願いは叶った。古戸李は結婚した翌々年に学問吟味に受かり、優秀な席次を修めたとして二十半ばの若さで御儒者に抜擢された。義父の後ろ盾が効いたことは否めないが、ともかく自らの力で立身したのである。

はっと我に返ると、部屋の中が暗くなっていた。行燈の焔がほとんど消えかかっている。障子の向こうより、部屋の中のほうが暗い。古戸李は行燈に手を伸ばしかけて、止めた。

今この瞬間にも、はなえが学問所の近くに佇んでいるような気がした。が、古戸李はかぶりを振った。倫太郎がはなえから文を預かったのは、一昨日の夕方だという。とうに帰ったに決まっているではないか。

せめてその日のうちに文を届けてくれれば、と倫太郎の気の利かなさを苛立たしく思った。一昨日の夕方なら在宅していたのである。はなえが学問所の傍まで来ていたと思うとやりきれない。

が、会わなくてよかったのだ。

古戸李は自分に言い聞かせた。あきらめよう、それだけ自分たちの縁は頼りなかったのだ。そう思い切るほかにない。

そもそもはなえに執着するのも、今の暮らしが侘しいからだろう。

古戸李の妻は十年前に病で逝った。呆気なかった。普段はめったに思い出すこともない。不仲とは言わないまでも、心から睦みあうことのない夫婦だった。

江戸に生まれ、御儒者の娘として育った妻は気位が高く、田舎の貧乏藩士の夫を見下していた。洒落や粋を解さぬ夫が退屈なのか、ことあるごとに近くの実家へ顔を出していた。

跡取り息子ももうけたが、それで夫婦の絆が強まるわけではなかった。あまり出来がよくなかったせいもある。一粒種の息子は厳しい躾を強いる父を疎んじていた。妻は古戸李が怒って鞭を振るう裏で飴を与え、息子を意気地のない男にしてしまった。

息子は学問を苦痛だと嫌がり、内緒で古戸李の与えた書物を銭に換えていた。いくら叱っても効き目はなく、しまいには口うるさい父を避けて母の実家に寝泊りするようになった。今はどうしているのやら。盆暮れには古戸李も顔を出すが、息子が家にいたためしはない。

早い話、古戸李は息子に捨てられたのだ。冷えた父子の仲を修復しようともせず、自分にはなついているのにと優越を覚えていたらしい妻にも、心の中では捨てられていたのだろう。

御儒者となり、学問所の敷地内に役宅を与えられる地位を得たが、一緒に住んでくれる者はいない。古戸李は腰高障子を開けた。窓の外に簡素な庭が見えた。ゆっくり眺めたこともない庭は、渇いた土の匂いがした。

空には月が昇り、星もまたたいていたが、目の前の庭は暗かった。風は薄っすらと花の匂いがする。

毎年、春になると講堂の庭の木が白い花をつける。古戸李は花梨が咲く時期になると、決まって胸が塞ぐ。花梨は、はなえを思い出させるのだ。

「何だったのかね」

古戸李は自分の歩んできた五十余年を振り返り、暗い庭に向かってつぶやいた。いつできたものか、庭の隅に小さな水たまりがあった。月明かりを映した水がぼんやりとした鏡になっている。そこに写っているのは悲しい顔の老人だった。

表情が読めるほど澄んだ鏡ではない。それでも己の顔が曇っているのがわかった。寂しい顔をした老人が広い部屋の窓際に立っている。

たしかに出世はした。古戸李は学問所の主幹となった。義父より高い地位に昇り詰めた。それなのに、古戸李は一人だった。そのことにあらためて思い至り、うら寒い心地になった。

やはり、はなえに会いたい、と古戸李は思った。

はなえと一緒になれば、昔の自分を許せそうな気がした。はなえを女房にすべきだったのだと、今になって気づいた。やり直せないものかと、古戸李は思った。互いに生きているなら、やり直しはきく。

妻に先立たれた男が後妻を娶るのに、何の支障があろう。もう七回忌も済ませているのだ。はなえを役宅に迎えても、倫理的に問題はない。学問所の古戸李は冷静な頭で考えた。

あとは、はなえの居所をさがして――。

問題はそこだと、古戸李は思った。はなえがもう江戸を離れているのなら面倒だ。

しかし、その不安は杞憂だった。次の日の昼下がり、御役宅から講堂へ向かう途中ではなえが古戸李を待っていたのである。

「ご無沙汰しております」
「……」
「もしかして、おわかりにならないかしら?」
「いや」
「わたしもお婆さんになりましたもの、すぐにわかっていただけなくても仕方がありませんけれど」
「……」

華やいだ笑い声が響き、そのあとで静かになった。古戸李がろくに相槌を打たないものだから、話がつづかないのである。よほど驚いているようだった。

――どうだろうな。

すっかり度肝を抜かれちゃって。倫太郎は池のそばに寝そべりながら、板塀を隔てたところにいる二人の会話を聞いていた。

午前中に『六国史』の講義があるはずだったが、担当の御儒者が風邪を引いて休講になった。午後の講義まであと半刻。昼餉どきの講堂はひっそりとしていた。それで安心して、はなえをつれてこられたのである。

「そんなことはない。すぐにわかりました」

古戸李はようやく落ちつきを取り戻したらしい。

「はなえどのは昔とあまり変わらない」

「そうでしょうか」

「はい」

今度ははなえが黙った。

先に会ったときと同じ藤色の小袖姿の老女を木戸門の前で見かけたのは、昼餉を終えたあとである。眠気覚ましの散策をするつもりだった。半刻のちに古戸李の講義があるが、あまりの眠さに自主休講にしようと思っていた。

はなえは日傘で顔を隠して立っていた。

（あら、あなた）

倫太郎が声をかけると、はなえは顔を上げ、ほっとしたように微笑した。

古戸李に会いにきたのかと言うと、はなえはうなずいた。

（そうなの。でも、何だか訪ねていくのが怖くて……。おかしいわね、こんなお婆さんになって怖いだなんて）

恥じらうはなえの背を押すように、倫太郎は学問所の中へいざなった。先日と同じ着物を身につけているのは、おそらく江戸の人ではないからだろう。

倫太郎は講堂の裏庭に彼女を案内した。そこで待っていれば古戸李と会えるはずだと言ってはなえと別れ、自分は板塀を挟んだ先の池の前で寝ころんだ。盗み聞きをしようというわけだ。

話の内容からして、二人は数十年ぶりの再会を果たしているようだった。幼馴染ということか。道に外れた間柄でないのは、二人のぎこちない間の取り方から想像がついた。

「文を読みました」

古戸李が長い沈黙のあとで切り出した。

「うれしかった」

「ご迷惑でしたでしょう。捨ててくださいまし、奥方様に見つかる前に」

「ああ、それなら——」

「忘れてください」

はなえは古戸李の言葉を遮るように、低い声を出した。

「どうかしていたのです。今頃になって初恋を蒸し返すなど」

倫太郎は頭の後ろで組んでいた腕をほどき、肩肘をついて上体を起こした。音を立てないよう、そっと板塀に耳をつける。

「わたしはてっきり、はなえどのが会いにきてくれたものと思っていたのだが」

とまどったような古戸李の声がした。

「そうです」

「よかった」

はなえの返事に、古戸李はほっとした声を出した。

「わたしも、ぜひはなえどのにお会いしたかった。今さら、図々しいようですが。実にうれしい。はなえどのは昔のままですね」

「いいえ」

と、はなえは古戸李の言葉に水を差した。

「……」

「蛙に目を貸していた間に長いときが経ったのですね。わたしは一瞬、あなたが誰かわかりませんでした。本当はあなたもがっかりしているのではないかしら。本当に、お互い歳をとりましたね。すっかり変わってしまって——。でも、それも当たり前なのかもしれません。わたしたちももう孫のいる歳ですもの、わたしのところにも去年一人生まれたんですのよ」

倫太郎は板塀の隙間から、二人の様子を窺った。

「帰ります」

はなえは古戸李に辞儀をした。

「会いにくるのが遅すぎました」

「はなえどの――」

「ご家族の方にもよろしくお伝えくださいませ」

一方的に告げ、はなえは古戸李のもとを去った。板塀の向こうから急ぎ足の気配がして、藤色の小袖が遠ざかる。池のそばの花梨の花の下に倫太郎がいるのも目に入らないようだった。いったい、何をしにやって来たのやら。

倫太郎は呆気にとられ、はなえを見送った。古戸李も呆然としているらしい。板塀の向こうは静まり返っている。

――あれじゃあ。

古戸李でなくとも二の句を告げなかろう。倫太郎は板塀から身を離し、気づかれないうちに自分も立ち去ろうとした。

ところが。

いきなり耳元で悲鳴を上げられ、倫太郎は腰を抜かした。

「な、何だ」

思わずつぶやき辺りを見回す。掌の下から子蛙が跳び出し、勢いよく跳ねた。どうやら手をついた拍子に足を踏んだらしい。子蛙は不満そうな目を仰向け、倫太郎を睨んでいる。

物音を聞きつけた古戸李が板塀を回ってきた。

「いや、あの。これは——」

寝た振りをしようとしても既に遅い。倫太郎は言い訳に窮した。

「何も聞いてませんよ。わたしも今の蛙に目を貸したので、見えませんでした。あ、違った、聞こえませんでした」

倫太郎は支離滅裂な早口で言い逃げ、あたふたと立ち上がった。古戸李に怒鳴られる前に門を飛び出すと、はなえが道でうずくまっていた。

「どうなさったのですか」

あわてて駆け寄り、薄い肩を叩いた。ゆっくり仰向いたはなえの顔は、涙で濡れていた。

はなえは日傘の柄を支えにして立ち上がった。よく見ると、点々と手の汚れがついている。はなえは日除けでなく、身体をかばう杖として日傘を使っているのかもしれない。

「ごめんなさいね、あなたが怒られてしまうわね」

懐紙で目尻をぬぐいながら、はなえはしきりに心配していた。倫太郎が午後の講義に遅れるのでないかと案じているのだ。

「いえ、次の講義は休講です」

倫太郎は嘘をついた。本当は古戸李の講義があるのだが、それは言わないでおいた。

「あの人は厳しい先生でしょう」

「ええ」

「昔からそうなのですよ。同輩や後輩にも厳しくて。だけど、人より自分に厳しかったわね」

はなえは遠い目をして言った。

古戸李は、はなえの父が師匠をつとめる寺子屋に通っていたのだという。子どもの頃は神童と呼ばれ、近所の子どもたちに崇められていたとか。いかにもそういう感じがする、と倫太郎は思った。古戸李はきっと分別くさい顔をした子どもだったに違いない。

そんなことを思っていると、はなえが目を伏せて笑った。

「どうしたのですか」

「あら、ごめんなさい。ちょっと思い出し笑いをしたの。あの人、居眠り癖は治ったのかしら」

「古戸李先生が？」

「そうなの」

　はなえは肩をすくめて笑った。

「父がしょっちゅう怒っていたものですよ。遅くまで励むのは感心だが、そのせいで講義中に居眠りをするのでは本末転倒だって」

「へえ――」

「とくに今の時期はよく舟を漕いでいたわね。あまり気持ちよさそうに寝ているから、とうとう父もあきらめていましたよ。起こそうとしたわたしに、放っておけ、って。古戸李は蛙に目を貸しているんだろうと申しましてね。ああ、今の若い人は知らないかしら。蛙の目借りどきというのは」

「知っております」

　倫太郎がうなずくと、はなえは目をほころばせた。

「毎晩精進しているのですもの、たまには居眠りくらいしないと身体がもたないわよね」

　と、はなえはひとりごちた。目を伏せた横顔が笑っていても寂しそうだった。

「あの人は、どんな先生？」

「いい先生です」

　倫太郎ははなえに請け合った。

「たしかに厳しいですが、いい先生ですよ」

「そう」

はなえは目尻と唇の横にかわいらしい皺を刻み、白い花のように微笑した。

「よかったこと」

角を曲がるところで、はなえは立ち止まった。

「ここでいいわ、すぐそこの茶店で夫が待っているから。心配しないでくださいな」

と、はなえは言ったが、それは嘘だと思う。

「さようなら」

はなえは小さく手を振り、背を向けた。数歩行って思い出したように日傘を広げ、ゆっくり歩いていく。前かがみに差した日傘が重そうだった。

倫太郎はしばらくの間、はなえを見送っていた。丸い日傘が陽を受けて花のようにまぶしい。

（すっかり変わってしまって――）

はなえの強がりが悲しかった。きっと、はなえの目には、古戸李が昔のままの姿に見えたのだろう。藤色の巾着から落ちた白い三角包みは、おそらく薬だ。あらためて眺めると、黒目がわずかに濁っている。よく旅に出てこられたものだ。

江戸に来るのははじめてだと、はなえは言っていた。一度、学問所を見たかったのだと話していた。病が進んで何も見えなくなる前に古戸李に会いたい。せめてひと目でも。はなえはそう願い、無理に江戸へ出てきたのだ。

（古戸李さま――）

文に記されていた呼びかけに、胸がしんとした。はなえの姿がなくなると、倫太郎は学問所に戻った。講堂の庭の花梨の木の下に立ち、白い花を見つめた。風が吹くと、かすかに甘い匂いがする。

青い窓枠の向こうに古戸李の横顔が見えた。いつも通りのしかめ面で教本を読んでいる。御儒者の顔だ。若い頃に居眠りで叱られたという面影はない。

倫太郎は講堂の戸に手をかけた。今頃来るとは何だ、と叱責されるだろうがやむを得まい。それでも今日は古戸李の講義を受けたいのだ。

晩春の昼下がりは、空も風もとろりとしてあたたかい。

小さな池で蛙が鳴いている。

第二話　遊び草

二カ月ぶりに帰った我が家では、一足早い秋がきていた。

自室に入って荷を下ろし、縁側に面した腰高障子を開けて驚いた。数日前に梅雨が明けたばかりというのに、縁側の柱に桃や黄緑の吹流しをかざった笹が括《くく》りつけられていたのである。

照乃進は呆気にとられて妹に訊いた。

「おい、奈穂。あれはいったい何だ」

「七夕の飾りです」

奈穂はこともなげに言う。顔は書見台に向けたままだ。奈穂は本を読むのが好きな娘で、ときおり照乃進の部屋に書見台を使いにくる。今も挨拶がてら顔を出したかと思うとそのまま居座り、『論語』を広げていた。

「それは見ればわかる。わたしの訊いているのは、そんなことではない。なぜこんな時期に七夕をしているのだ」

照乃進の声が高くなると、奈穂は小さな両手を書見台に添えたまま、目だけちらと上げて兄を見た。

「兄さまのためです」

「わたしのため、とは」

さらに訊くと、ようやく奈穂は顔を照乃進へ向けた。

「だって、兄さまは明後日にはもう学問所に戻られるのでしょ。次に家に帰るのが秋の大試験のあとなら、七夕祭に行けないではありませんか。わたくし、兄さまが気の毒だと思って。せめて家の中だけでもと準備をととのえておいたのです」

奈穂はほがらかに笑い、きれいでしょうと満足そうに付け加えた。

「五月に七夕をしようというのか」

「はい」

照乃進が途方に暮れているのも意に関せず、奈穂は笑っている。そういえば着ているのも月にうさぎの飛び小紋の袷で、帯も秋物だと今になって気づく。

小橋家では毎年、七夕になると邸の裏庭から笹を切ってきて盛大に飾りつけるのが慣わしだった。

少し早めに夕餉をとり、近所の神社で催される縁日を乳母と奈穂の三人で遠目に眺める。年に一度、この日だけは二親が外出するのを大目に見てくれるのだ。祭のあとは、奈穂と二人で短冊に願いを記し、縁側の笹の葉に吊るす。

が、それは去年までのこと。湯島の学問所の寄宿稽古人となった今、子どもじみた祭に興じるつもりはない。

「短冊も用意しておきました。お八つをいただいたあとで書きましょう」

寄宿舎から戻ったばかりで、まだ荷も解いていない照乃進はかぶりを振った。冗談ではない、この歳で七夕遊びなど。

学問所では春の大試験が終わったばかりだった。この結果によって進級できるか否かが決まるので、寄宿舎にも緊張した雰囲気がただよっている。

今年入学したばかりの照乃進も、これが学問所における最初の関門と心得ており、じゅうぶんに準備をして試験に臨んだ。その疲れも癒えぬまま、ともかく二親に報告をしようと思って帰宅したのである。

それなのに、待っていたのが季節はずれの七夕の笹飾りとは。

邸にいるのは二日間。休暇とはいえ、予習も復習もしなければならないのだ。とても奈穂にかまっている暇はない。

「わたしはやらないよ」

「どうしてですか」

「もうそんな遊びは卒業したのだ。七夕はそなた一人ですればいい」

照乃進がそっけなく言うと、奈穂は首を傾げた。

「ふうん」

不服そうに唇をとがらせ、大きな目で照乃進を見つめる。

「そなたも七夕は今年で終わりにしたらどうだ。あんなもの、たいしておもしろくもないだろう」

「……」

「退屈なら、母上に花でも教わったらいいではないか。茶でもいい、そなたは女子の稽古をろくにしていないのだから」

奈穂は照乃進の言葉を遮るように、音を立てて書物を閉じた。

「わかりました、おきぬに言って片付けさせます」

澄まし声で言うと、奈穂はいきなり立ち上がった。廊下に出て甲高い声でおきぬを呼ぶ。

おきぬはすぐに来なかった。厨にいるか、買い物にでも出ているのだろう。

「来ないわ」

三度呼んで返事がないのに、奈穂は腹を立てたようだった。

「このところ、いつもこう。おきぬも歳なのかしら、すっかり耳が遠くなってしまって」

「そんなことを言うのは止しなさい」

「本当のことですもの」

奈穂はそっぽを向いて言いつのった。照乃進たち兄妹を育てた乳母のおきぬは下女の中でも古株で、五十歳。母より十五も年上の年寄りである。耳くらい遠くなってもおかしくない。

そのおきぬに裏庭で笹を切らせ、季節はずれの吹流しをかざって照乃進の帰りを待っていたというのか。

「まあいい。片付ける必要はないぞ、そのままにしておけ」

照乃進は内心で溜息をつきながら言った。仕方ない。おきぬの手間を無にするのも気が引けるし、幼い妹に付き合ってやるのも兄のつとめだ。

ところが、奈穂はにこりともしなかった。

「いいです、もう」

「遠慮するな。七夕をしたいのだろう？　やってやるぞ。きれいに飾りつけてあるではないか。おきぬに手伝ってもらったのか」

縁側に行って笹を見上げながら言ったが返事がない。横を向くと、奈穂がふくれ面でにらんでいた。

「無理なさらなくてけっこうです」

「何だ、それは」

「兄さまは七夕になどご興味がないのでしょ。わたくしが悪うございました、こんなものをかざったりして」

　奈穂は切り口上で言うと、柱に結びつけてある縄に手をかけた。背が届かないのを無理して爪先立ちになり、固い縄を解こうと力んでいる。

「おい――」

　照乃進はあわてて妹の手をつかんだ。

「何をする気だ。怪我をするではないか」

「はずすのですよ。兄さまが七夕は厭だとおっしゃるから」

「そんなことは言っていないだろう」

　夏のはじめに七夕をしようという、突飛な思いつきに驚いただけだ。

「捨ててしまえばいいのでしょ」

「危ないから止せと言っているのに」

　奈穂はまるで聞く耳を持たなかった。傷ついた目をして必死に縄に挑んでいる。照乃進が止めれば止めるほど、奈穂はむきになるようだった。

　――情けない。

　何という子どもじみた真似だろう。五つや六つの子どもでもあるまいし。ちょっと照乃進の反応がよくなかったといって、つむじを曲げるとは愚かしい。そのような振る舞いは、三河以来ずっと旗本をつとめている小橋家の名に恥じる。

照乃進は憮然として手を離し、一歩後ろに下がった。好きにすればいい。どうせ止めても聞きやしないのだ。

これだから女は、と思う。

奈穂は十二。照乃進の二つ年下である。幼い時分は素直な娘だったのに、どうも最近になって扱いづらくなった。

何かというと照乃進に盾突き、自分の望む反応が返ってこないとすぐに癇癪を起こす。おきぬや母がなだめても効果がないのはむろんのこと、父が雷を落としても反省するどころか涙一つこぼさない。

——放っておこう。

それしかあるまい。いっそ無視したほうがいい薬になるかもしれぬ。照乃進は妹を白い目で眺めた。奈穂はまだ躍起になっている。背伸びの姿勢にくたびれた様子も見せず、黙々と結び目を解いている。

やがて、ふいに縄はほどけた。笹はぐらりと傾ぎ、支えを失って前のめりに倒れた。

「痛い！」

奈穂は叫んでしゃがみこんだ。笹の幹が足の甲に当たったらしい。

「だから止せと言ったのに」

「兄さまのせいよ」

うつむいて足を押さえたまま奈穂がつぶやく。

「わたくしの手が届かないのを、見てみぬ振りをなさるのですもの。ひどい兄さま。おお、痛い。血が出ているわ」

「どれ。見せてみなさい」

怪我の具合をたしかめようと照乃進が腰をかがめると、奈穂はさっと足を掌で隠した。

「なぜ隠す」

「女子の足ですよ。いくら兄さまでも、簡単に殿方に見せるわけにいきませぬ」

「くだらぬ戯れ言を申すな。手当てが遅れると、あとが大変だぞ」

それでも奈穂はつんと顎を上げ、照乃進の忠告を無視した。横座りに足を抱えて、痛い、痛いと繰り返している。

「だから見せろというのに」

「厭です」

「ならば、お医者を呼ぶか」

「駄目」

即座に奈穂は首を横に振った。医者を呼ぶなどとんでもない、という強い振り方である。

「わたくしの足は、お医者には治せないもの」

「では、どうすればいい」

「さあ」

奈穂はそれには答えず、勢いよく立ち上がった。

「つまらない兄さま。帰ってくるなり、七夕はいけないなどと上から物をおっしゃって。なぜそんなに、つんけんなさるの」

「……」

「残念です。せっかくおきぬが老体に鞭打って、半日がかりで用意してくれたものを。兄さまが厭だとおっしゃるばかりに、捨てなければならないのですもの。笹がかわいそう」

「だから、やりたくないわけではない。五月に七夕かと少々驚いただけだ」

「では、やってもよろしいの？」

途端に奈穂の目が輝いた。

「ああ」

うなずく以外にない。ここで否を唱えれば、また奈穂が大騒ぎするのは目に見えている。

「うれしい」

　奈穂は手を叩いて跳び上がった。

「よかった、これで今年も織姫と牽牛が会えますね。そうでないと、わたくしの願いごとも聞いていただけないもの」

　丸い頬を火照らせ、奈穂は自室へ駆けていった。はて、足の甲に怪我をしているのではなかったか。それがなぜ、あんなに軽やかに走れるのだ。置いてけぼりにされた照乃進は二の句が継げなかった。


　奈穂の願いごとといえば、昔から決まっている。

「十四になったら、学問所の寄宿稽古人になれますように」

　声に出してつぶやきながら、奈穂は得意満面で短冊に己の願いごとを記した。幼い頃から書家の先生についているので、なかなかに達者な筆致である。

「またそれか」

　照乃進がうんざりして言うと、奈穂は「兄さまは？」と訊き返して短冊を覗きこんだ。

「あら、真っ白」

「とくに書くことがなくてな」

　そう、と奈穂はつまらなそうに言う。照乃進は黙って白紙の短冊を眺めた。

寄宿稽古人になりたい。

去年までは、照乃進も毎年同じ願いごとを記した。父の幸乃進が若かりし頃に学んだという、湯島の学問所の寄宿生になるのが夢だった。

その夢は叶ってしまった。次の願いごとといえば、さしずめ学問吟味に通りますように、だろうか。

しかしそう書く気にはなれない。学問吟味は己の精進によって越えるべき壁であり、七夕の短冊に願いをこめるものではないと思う。

「書くことがないなら、わたくしに協力してください」

奈穂は自分の短冊を脇に置くと、照乃進の前に膝を進めた。

「わたくしが学問所に入れますようにと、短冊に書いていただきたいの」

「……」

「よろしいでしょ」

照乃進が答えずにいると、奈穂は焦れたように語気を強めた。小首を傾げて笑んでいるものの、まなざしは真剣である。

溜息混じりの無言を拒否と受けとったのか、奈穂はぷっと頬を膨らました。

「意地悪な兄さま。自分だけ寄宿生になったものだから」

「そんなつもりはない」

「だったら、どうして書いてくだらないの」

「何度言ったらわかる」

照乃進は短冊を奈穂に返した。こうなると最初から思っていた。だからあまり気が進まなかったのだ。

「学問所に入れるのは男のみ。何度も説明したではないか」

今度は奈穂が黙る番である。納得していない目で照乃進を見上げ、兄の次の言葉を待っている。

「女子には女子の幸せがあろう」

「……」

奈穂の眉が吊り上がった。無言で照乃進をにらんでいる。わたくしの幸せを勝手に決めないでください、という奈穂の心のうちの声が聞こえるようだ。

「そうでございますよ」

襖が開き、乳母のおきぬが丸盆を手に部屋に入ってきた。

「女子はしっかりした殿御に嫁がれるのが一番でございますとも。さ、どうぞ。お嬢さまのお好きな抹茶の水羊羹ですよ」

好物の水羊羹を見ても奈穂の機嫌は直らなかった。強情に口をつぐんで白紙の短冊を眺め、おもむろに筆をとる。

男になれますように。

奈穂はさらさらと一筆で書いた。

「馬鹿――、何を血迷っておる」

「わたくしが男なら、学問所に入れるのでしょう」

屈託のない笑顔。しかし照乃進は奈穂の顔から目を逸らした。

おきぬが静かに水羊羹と茶を給仕する。さりげなく目くばせをして、かすかに首を横に振る。

お相手してはなりません。そう言いたいのだろう。

それはつまり、おきぬにとっては初耳でないということか。男になって学問所に入りたい。おきぬが奈穂の短冊を見て驚かないのは、奈穂が始終そう言って駄々をこねている証である。

――弱ったな。

奈穂の学問好きは今にはじまったことではない。

物心ついたときから女子の遊びには興味を示さず、何かといえば照乃進が父から与えられた書物を読みたがる娘だった。いつも照乃進につきまとい、私塾の教本を読む兄の声に耳を澄ませていた。

「わたくしも私塾に通わせてください」

奈穂がはじめて父に願い出たのは五つのときである。かしこまった姿勢で父の前に座り、生意気にも指を揃えて赤いぼんぼりのついた頭を下げた。

「ほう、奈穂は学問がしたいのか」

「はい。いずれは湯島の学問所で学びとうございます」

「学んでどうする。そのあとは」

「御儒者になりまする」

「そうかそうか。お前はかしこい娘だからな、精進すればきっとなれるぞ。聞いたか、喜代子。奈穂は行く末のたのもしい娘だの」

父は目を細めて母に笑いかけた。娘の願いを真に受けていなかったのだ。おそらく、おきぬも。奈穂の言葉をたわいない冗談ごととして受け流さなかったのは、当時七つだった照乃進だけ。

自分も子どもゆえ、先入観がなかったのだろう。武家の女子がいずれ嫁となり母となって、跡継ぎを成すのが定めとものそのときは知らなかった。照乃進はただ奈穂の一本気な言葉をまともに受け止めただけ。娘の願いが本気と知り、二親が困惑するようになったのはつい最近のことだ。

「どうして兄さまばかり、学問所に入れるのですか。わたくしのほうが論語も孟子も兄さまより早く諳《そら》んじましたのに」

照乃進が寄宿生になると決まったとき、奈穂は祝いの席で父を相手に疑問を投げた。そして再来年は自分も寮へ入ると言った。

このときも父は鷹揚な笑みを見せたのだった。そうかそうか、奈穂は寄宿稽古人になるのか、と。

奈穂が照乃進の私塾の教本を読んで論語や孟子を覚え、暗誦してみせるのを父はよろこんでいたのである。引き合いに出された照乃進は憮然として黙った。

「わたしも昔は学問所に通っていたのだ。御儒者にあこがれていたのだが、落第してあきらめたのだよ。そうか、奈穂がわたしの夢を継いでくれるのか」

酒の酔いも手伝ってか、父はそんなことまで言った。な、と相槌を求めたものの、今度は母も笑い返さなかった。

祝宴の夜、奈穂は母に女子の分別を説かれて大泣きした。いくら母が女子は学問所に入れないといっても、祝宴での父の言葉を盾に頑として聞き入れなかった。

結局、泣き声を聞きつけた父に一喝され、その場は収まったが、奈穂は学問の夢を捨てたわけではなかったのである。

暮れかけた縁側で、笹の葉が力なく揺れている。

照乃進は庭下駄を履いて腰を下ろし、薄闇にほの白く浮かぶ短冊を眺めていた。今年の短冊は去年より少ない。照乃進が書かなかったからだ。

「兄さまなんて知らない」

奈穂はいくらたのんでも短冊を書いてくれない照乃進に業を煮やし、大粒の涙をこぼした。短冊を放り出したまま照乃進を自室から追い出し、それきり引きこもっている。おきぬはおろか母の呼びかけにも応えない。

数では断然吹流しに負けている短冊が、生ぬるい風に押されてふわりと動いた。端のほうが持ち上がり、しばし空にとどまったあとで、ゆるゆると元の位置におさまる。天に一番近いところにつるすの、と奈穂が主張した短冊。学問所に入れますように。達者な文字が揺れている。

無謀な願いごとを託されたからか、短冊は少しとまどっているふうに見えた。笹の葉先を少したわませ、空の低い場所で宙吊りになっている。飛ぶこともなく、落ちることもなく。

十四になったら、奈穂は学問所に入寮の願書を出せと、父に迫るのだろうか。だが、寄宿舎に入れるのは下が十四、上は三十までの幕臣である。それこそ奈穂が男にでもならない限り、夢が叶うことはないだろう。

照乃進は寄宿舎で最年少の寮生である。世間では優秀な坊ちゃんだと褒めてくれるが、奈穂はその上を行く。それは照乃進にもわかっていた。

父母の前で論語を暗誦する奈穂を、照乃進は黙って指をくわえて見ていたわけではない。それからは決して負けるまいと、必死に学問に取り組んだ。なのに、勝てなかった。どれほど励んでも奈穂のほうが先に諳んじてしまうのだ。論語や孟子ばかりでなく、すべて。もし奈穂が妹でなく弟であったなら、自分は嫉妬に苦しんだかもしれない。

だからこそ、照乃進は奈穂のためには短冊を書かない。妹が男でなくてよかったと心の奥で安堵している己が後ろめたいからだ。

「照乃進さま」

ふいに呼ばれて振り向くと、おきぬが立っていた。いつのまにか黄昏が濃くなっていたようだ。おきぬの顔や身体の線が薄暮に溶けかけている。

「お食事の用意ができました」

「わかった。すぐに行く」

うなずいたが、照乃進はしばらくその場にいた。今のおきぬの声は自室に閉じこもっている奈穂の耳にも届いたはずだった。

静まり返った部屋からは何の物音もしない。強情を張って食事をとらないつもりか。

――まったく。

照乃進は奈穂の意地っ張りに呆れた。学問所に行きたいと大層なことを考えているくせに、中身はほんの子どもだ。それだから論語や孟子を兄より早く諳んじたという程度で、自分は学才があるなどとうぬぼれていられるのだ。

照乃進に言わせれば、それは誤りである。奈穂は学問を甘くとらえている。女だてらに御儒者になりたいだなど、いかにも世を知らぬ子どもの空ごと。

いざ学問所に入ってみれば、世間は広いということがわかるはずだ。私塾では秀才の誉れ高かった照乃進も、寄宿舎では単なる凡才だった。上には上がいる。今回の春の大試験でそう思い知らされた。

内心、照乃進は自分が首席なのではないかと予想していた。それだけの精進をしたつもりでいたのである。毎晩、相部屋の男と競い合うように明け方まで精進した。完璧に準備をととのえたはずだった。

ところが、蓋を開けてみれば成績は新入生八人中四番だった。

最初は誰でもそうだ、よくやった。父は褒めてくれたが照乃進は満足していない。次こそ。秋の大試験では一番になってやる。

ふたたび照乃進は笹を見上げた。まだ短冊を吊るす余裕はある。

一番になりたい。本当はそう書きたかった。が、奈穂の前では書きたくない。自分より頭の出来がいい妹に本音をさらし、軽んじられたくなかった。

まだ奈穂は出てこない。

「ふん」

照乃進はようやく腰を上げた。知るものか。夜中に腹がへっても助けてやらぬぞ。泣いたって駄目だからな。

胸のうちで悪態をつき、しんとした奈穂の部屋の襖を見つめる。

——そなたは何もわかっていない。

男の世界は厳しいのだ。女子のそなたがやっていけるはずがない。どうせすぐに音を上げ、べそを掻いて邸に逃げ帰るのが落ちだ。そなた程度の秀才など、学問所ではめずらしくもない。

「そこにいらっしゃったのですか」

おきぬだ。すぐに行くと言いながら、食事の席にあらわれない照乃進を心配して、様子を見にきたのだろう。

「風が強くなってきましたね」

空を見上げながら、おきぬが言った。奈穂が部屋から出てくるのを待っている間に、淡い残照も果てた。宵の口の空にはまだ星が出ていない。暗いので定かではないが、雲が広がっているのだろう。

風はどことなく湿っている。

「雨にならなければいいですけど」

おきぬは落ち窪んだ目で奈穂の短冊を眺めていた。季節外れの願いごとが雨に流されないよう、心ひそかに祈っているのかもしれない。

「お嬢さま、楽しみにしていらっしゃったんですよ」

短冊を見つめたまま、おきぬは言った。

「七夕か――」

「ええ、とっても。照乃進さまのお願いごとは叶ったのだから、きっと自分の願いも叶うだろうって」

「……」

「おかわいそうに」

短冊から照乃進に目を移して、おきぬはつぶやいた。

「女子に生まれたばかりに、お好きな学問の道へ進めないのですものねえ」

「どうかな」

照乃進はそっぽを向いて返した。

素直にうなずきたくなかった。おきぬに何がわかる。いっそ男になって学問所に入ってみればいい。奈穂は女子でよかったと思い返すかもしれないではないか。

おきぬを縁側に置き去りにして、照乃進はさっさと廊下を行った。あわてたように老いた足音がついてくる。

――馬鹿を申すな。

何が女子に生まれたばかりに、だ。男に生まれても、自分の思う通りになるとは限らないのだ。疑うなら、生まれ変わって自分でたしかめるがいい。

照乃進は誰にともなく口の中でつぶやいた。


邸から戻り寄宿舎の門をくぐった途端、照乃進は緊張した。

入ってすぐの応対所で、寮生代表の井上東馬と水島倫太郎の二人が話し合っていたのである。東馬は照乃進のあこがれの人。成績優秀で品行方正。いずれ自分も東馬のように寮生の頭取となりたい、と照乃進は心ひそかに願っていた。

「やあ、お帰り」

まず倫太郎が先に照乃進に気づき、片手を挙げた。その声につられて東馬もちらと目顔でうなずく。それだけだった。話に熱中していたようで、東馬の色白な頬には赤みが差している。

挨拶をしようにもきっかけが掴めず、照乃進は気まずい思いがした。

「父上と母上にたっぷり甘えてきたかい」

が、倫太郎は屈託なく話しかけてくる。

「母上はそなたの好物をたくさん用意して待っていたろう」

仕方なしに照乃進は愛想笑いを返した。

「わたしの母は料理をいたしませんので……」

「そうか」

意外だという顔でうなずき、倫太郎はまばたいた。

——当たり前だろう。

貧乏御家人の家とは違う。照乃進の家は旗本、料理など下女がする仕事だ。

「そなたは旗本の子息だったな。すまなかった。つい自分の家と同じつもりで話していた」

倫太郎に悪気はないのだろうが、照乃進は軽い苛立ちを覚えた。たしか水島家は平侍。そんな下士とわたしの家を一緒にして考えるなど、どうかしている。いくらここでは先輩だからといって失礼ではないか。

「だが、寄宿舎に入ってはじめての骨休みだったのだ。一品くらい母上が腕を振るってくれてもよさそうなものだが。わたしの母など、食い切れないほどの馳走をこしらえて待っておるぞ」

まだ言うか。照乃進は苦笑いでしのぎつつ、ちらと東馬の横顔を窺った。照乃進と同じく旗本の子弟である彼なら、倫太郎の言っていることがいかに的外れかわかるに違いない。

しかし、東馬は手元の紙に目を落として黙っていた。倫太郎の軽口などほとんど聞いていない様子だ。

照乃進はさりげなく東馬の手元を覗いた。何やら規律をつくっているところらしい。その作業に集中しているのだと、照乃進は察しをつけた。それで東馬は倫太郎の脱線に耳を塞いでいるのだ。

さすが頭取だ、と照乃進は内心で思った。集中しているからこそ、よそごとが目に入らないのだろう。それに比べてこの人は、と皮肉な目で倫太郎を見る。

どうしてこの男が世話役をつとめているのか、新入生の照乃進にはさっぱり事情がわからない。むしろ不満だ。成績優秀で品行方正な東馬には、もっと別な相手と組にさせるべきだと思う。いったい何の目的があって、役人は倫太郎を寮生代表にしたのだろう。

「ところで、先輩方は何をなさっているのですか」

照乃進は自ら話題を変えた。

「よかったら、わたしもお話に加わらせてください」

と東馬を見ながら言う。倫太郎というよけいな男もいるが、あこがれの先輩に近づけるいい機会だ。これを逃すのはもったいない。

「なに、寮の規律を見直しているのだ」

が、答えたのは倫太郎だった。

「そうですか」

「東馬が今の規律では生ぬるいと申してな。やむを得ず、休暇を返上して付き合っていたのだ」

「それはいい考えですね。ぜひわたしも同席させていただけませんか。もちろんお話の邪魔はいたしませぬ」

照乃進はすかさず東馬の意見に賛同した。

しかし、やはりうなずいたのは倫太郎である。

「むろんだとも。ぜひ参加してくれたまえ。何だったらわたしの代わりに話を進めてくれてもかまわないよ」

「はあ……」

ふざけた男だ。返事をするのも鬱陶しい。

「ところで、後ろのお嬢さんも加わるのかい」

「え？」

倫太郎の目線をたどってふり返り、照乃進はあっと声を出した。

「奈穂！」

思わず叫んで固まる。数歩離れた先に奈穂が佇んでいた。いつからそこにいたのだろう。まるで気づかなかった。

「そなた、どうして――」

「ついてきてしまいました」

奈穂はけろりとした調子で言い、邪気のない笑顔を向けた。

「ずっと兄さまの後ろを歩いてきたのです」

「ついてきたって……、どうやって門をくぐったのだ。下番に止められなかったのか」

学問所と無関係の娘を簡単に通すなど、いったい何のための下番だ。

「平気よ」

またも奈穂は屈託なく笑う。邸からここまで歩いてきたというのに、まるで疲れも見せない。足さばきが楽なよう、花菱の江戸小紋を短めに着付け、小さな巾着一つでやって来たらしい。

「だってわたくし、兄さまのすぐ後ろを歩いてきたのですもの。身内の者だと下番の方もわかっていたのではないかしら」

「感心なお嬢さんではないか。そなたの妹君か？」

倫太郎が兄妹の会話に割り込んできた。

「はい――」

苦々しい思いでうなずき、どうしたものかと頭を悩ます。帰りなさい、と命じたところで素直に言うことを聞く妹ではないし、どの道一人では帰せない。

――家から人を迎えに来させるか。

それしかあるまい。お役人に頼んで、若い下番にでも走ってもらおう。

「兄さま、わたくし喉が渇きました」

奈穂が近寄ってきて、耳元でささやいた。

「何だと」

「お抹茶をいただけないかしら。それと白玉も」

「あるわけないだろう、ここは学問所だぞ」

小声で言い争っていると、倫太郎が腰を上げて歩いてきた。

「まあ、立ち話もなんだから入りなさい。お嬢さんも一緒に」

「ですが……」

役人に見つかったらどうするのだ。無断で妹を学問所につれてきたなどと知れたら、どんなお咎めを受けるか知れないではないか。

むっとして口をとがらせた照乃進を、いいからと倫太郎は両手で制した。

「わたしから古戸李先生にお願いしてこよう。学問所主幹のお許しをいただければ問題ないだろう。ひと走り行ってくるから待ってなさい」

倫太郎は言うが早いか、応対所を飛び出していった。

——大丈夫だろうか。

照乃進は倫太郎の背を見送りながら、不安をぬぐいきれずにいた。たしかに学問所主幹で御儒者の立花古戸李が許可してくれれば安心だが、果たして倫太郎に交渉役がつとまるのだろうか。

倫太郎は講義をずる休みすることもあるし、ときには居眠りもする。寮の世話役という肩書きを持つにふさわしくない怠け者なのだ。とてもじゃないが古戸李に受けがいいとは思えない。

どうも常識がないようだし、失礼な物言いをして古戸李を怒らせるかもしれない。許可を得るどころか、かえって事を大きくするのではないか。

照乃進は頭が痛くなってきた。

自分も倫太郎と一緒に行ったほうがいいのではなかろうか。しかし、奈穂を置いてこの場を立ち去るのも心配だ。と逡巡していたら、ふいにやわらかなものが腰の辺りに触れた。奈穂がぐったりと頭をもたげ、照乃進に寄りかかっていた。

「おい、今頃になってくたびれたのか」

「……お抹茶を」

「しっかりしなさい。あとで飲ませてやるから」

照乃進がその場限りの励ましを言うと、奈穂は目を閉じたまま唇をほころばせ、白玉も、とつぶやきつつ立ったまま眠ってしまった。

「ひと晩だけだぞ」

「ふうん、相部屋なのですか」

「聞いておるのか」

「ここの枕はやわらか過ぎます。布団も粗末ですし……。兄さま、案外苦労なさっているのね」

「おい！」

声を荒らげても、ちっとも効果がない。照乃進の小言など耳に入っていないのだろう。昼寝から目を覚ました奈穂は、はじめての学問所に昂奮しているのか、さっきから忙しなく歩き回っていた。

照乃進の不安をよそに、倫太郎はあっさりと古戸李から許可をもらってきた。今夜ひと晩なら、奈穂を寄宿舎に泊めてもいいというのである。ただし、ほかの寮生の邪魔にならないようおとなしくしているように、と注意付きだ。

それなのに、奈穂は少しもおとなしくしてくれない。相部屋の北原周吾もいい加減、愛想笑いをひきつらせている。男ばかりの兄弟の真ん中に育ったという御家人の倅の周吾は、十二の娘が部屋にいるだけで落ちつかないらしい。

照乃進は黙々と文机に向かう周吾の背に声をかけた。

「すまぬ。わたしから言って聞かせるゆえ、もう少々辛抱してくれるか」

瞬間、森の熊を思わせる大きな背がびくついた。急に声をかけられて驚いたのかもしれない。

困ったように太い眉を下げた顔が振り向く。

「え、ええ。……わたしは別に何とも……。利発そうなお嬢さまですね」

「なにが利発なものか。生意気なだけで、ほんの子どもだ」

照乃進の謙遜に、周吾は口の中でもごもごと答えた。ほとんど聞き取れなかったが、そんなことはない、とでも言いたいのだろう。

「まあ、申し訳ないが今晩だけと思って勘弁してくれ」

適当に言って話を打ち切り、照乃進は奈穂を呼んだ。こともあろうに襖を細く開け、廊下を覗いている。油断も隙もあったものではない。

「奈穂！　部屋の外へは出るなと申しておるのに」

ふたたび周吾の肩が跳ねた。

「すまぬ。つい大きな声を出してしまった」

「いえ……」

周吾はちぎれそうな勢いでかぶりを振った。謝ることはない、と言いたいのかもしれないが、照乃進は周吾にそれきり目を向けなかった。奈穂の手前、礼儀として謝ったまでのこと、いちいち大仰な反応をされたら面倒だ。

しばらくこちらを見て何やら口を動かしていた周吾は、詫びを言った照乃進が自分を見ていないと知って寂しそうに背を回した。ふたたび文机に向かって肩を丸める。途中にわからない箇所があったのか、頭を掻いた拍子に墨壺を肘で倒しそうになり、泡を食っている。

――愚鈍な男だな。

その挙動を視界の端で眺めていた照乃進は、胸のうちで吐き捨てた。

照乃進は相部屋の周吾が気に入らなかった。そもそも一人部屋でないのも不満だし、身分の違う旗本と御家人を同室にするのは無神経とすら思う。

今年の新入生は八人。お目見え以上の者が六名に、お目見え以下が二名。それぞれ二人ずつ相部屋に入れられている。部屋に空きがないのではなく、それがしきたりらしい。新入生には苦労をさせろ、ということか。

それはいいが、なぜ自分がお目見え以下の男と同室にされたのか、照乃進は不満に思っていた。どうせなら旗本は旗本同士、御家人は御家人同士でまとめればいいものを。

奈穂は照乃進の忠告を無視して、簪《かんざし》の鎖を斜めに垂らし、なおも廊下を覗いていた。

その肩を強く叩いてふり向かせ、襖を閉めさせる。

渋々、顔を引っ込めた奈穂に、照乃進はきつい声を出した。

「いいから、そなたはもう寝なさい」

「何をおっしゃるの。わたくしは今起きたばかりです」

「知るか、そんなこと。口答えをせずに早く布団に入るのだ。そなたに気をとられていては本も読めない」

「あら、放っといてくださってもいいのに。どうぞ、わたくしにかまわずお読みになって」

結局、奈穂が眠りについたのは夜半になってからだった。

つづき間になっている四畳からは、めずらしく早めに休んだ周吾の鼾《いびき》がもれてくる。

照乃進のほうは六畳。二つある部屋のうち、周吾は自ら狭いほうを選んだ。二間の部屋を昼間は襖を開けて広々と、夜は襖を閉じて使っているのだ。

自分の布団に奈穂を寝かせたので、照乃進は起きているしかなかった。周吾がよかったらわたしの布団を、と申し出たのは断った。ありがたい気遣いかもしれないが、受け入れる気にはならない。

窓際の文机に明日の講義の教本を広げたまま、照乃進は立って障子を開けた。

東のほうの空が薄っすら白みはじめている。行燈をつけている部屋の中より、外のほうがわずかに明るい。

奈穂はすこやかな顔をして眠っていた。兄の気など、とんと知らぬふうである。

――このわがまま娘。

照乃進は呑気な丸い額を叩く真似をした。奈穂は口をわずかに開けて眠っている。まるきり子どもの寝顔だ。照乃進は苛立った。帰ったら、父上に厳しく叱ってもらわないと。また、このようなことをされてはたまらない。ここは女子どもの来るところではないのだ。

奈穂はおきぬを相手に七夕遊びに興じていればいい。いくらでも好きな願いごとを書いて、短冊を笹に吊るせばいい。が、自分は違う。照乃進は学問所の寄宿稽古人。遊んでなどいられないのである。

周吾の鼾がふいに高くなった。それに呼応するように、奈穂の軽い寝息が重なる。文机の上の教本の文字が白くにじんだ。朝日が差してきたのだった。

どこからか山鳩の声がする。もうそんな時刻か――、照乃進は腕を伸ばしてあくびをした。

小半刻だけ。そう決めて畳に横になった。目をつぶると急に瞼が重くなった。まぶしい日差しが片頬に刺さるのを手でよけ、畳に半身を押しつけた。とぼけた調子の山鳩の声がしだいに遠のいていく。

夢の中で、誰かに肩を叩かれているような気がした。

——春はあけぼの。夏は夜というけど。

夏の昼下がりもいいよな、と倫太郎は寝そべりながら思った。

講堂の屋根がつくる日陰から眺める空は、濃い色をしていた。なぜか知らないが、空は立っているときより地面に横になって眺めるときのほうが近くに見える。思いきり手を伸ばせば、空の端っこを掴めそうな気がする。

頭の上では青々と茂った葉が遊んでいた。しだれ柳である。講堂の庭にはたくさんの木々が植えられているのだ。

春には桜や花梨、夏には柳の下で。倫太郎は季節ごとに場所を移りながら、昼餉のあとのひととき思索にふけるのが好きだった。

寝そべっていると夏草の匂いが強くなる。しだれ柳の細い枝が乾いた風に押し流されて舞い上がり、雲とじゃれている。

入道雲はまばたきする間に膨らんでいくようで、さっきまで朝顔の形をしていた雲は、今は怒った雷さまになっていた。晴れた空に間違ってあらわれたという風情の雷さまが、まあよかろう、とばかりにしかめ面で鎮座しているのだ。

お天道さまに邪険にされて、さぞ居辛いだろうなどとそんなことを思っていたら、唇に笑みがこぼれた。

「どうして、おひとりで笑っていらっしゃるの」

澄んだ声がして、目の前がほの暗く翳った。小さなお天道さまが倫太郎の顔を覗き込んでいる。

「思い出し笑いは、はしたないですよ」

小さなお天道さまと思ったのは、あどけない丸い顔だった。新入生の小橋照乃進のあとをついてきたという、妹の奈穂である。

倫太郎は上体を起こした。

「やあ、こんにちは」

「おたずねしたいことがございますの」

奈穂は慇懃に頭を下げ、黒目がちな瞳で倫太郎の顔に見入った。

「ん？　どうした。わたしの顔に何かついているかい」

「あなた、落第生？」

「いや……、そうではないが。なぜそう思う」

「だって、兄よりずいぶん年嵩に見えるのですもの。てっきり父と同じ落第生かと思いました」

倫太郎は奈穂の遠慮のない言葉に苦笑いをし、かぶりを振った。

「わたしは二十歳。新入生ではない、そなたの兄上の二年先輩だ」

「ふうん」

「それより何か訊ねたいことがあるのだろう」

腕枕をはずして起き上がり、奈穂の隣に正座をした。

「そうでした。あの――、なぜ女子は学問所に入れないのですか」

なるほど。倫太郎は顎をなでた。この娘は学問所に入りたくて、兄のあとをつけてきたらしい。

「どうして？」

「さあな。決まりだからだろう」

「誰が決めたのですか」

「わたしに聞いてもわからぬよ。そうだな、林道春先生かもしれぬぞ。この学問所を開いたお人だから」

倫太郎は寛永七年（一六三〇）、忍ヶ岡に弘文院を建てた儒官の名を出した。これが学問所のはじまりと言われている。

「わたくし、納得がいかないのです。どうして女子が学問所に入ったらいけないのですか」

「そんなこと、わたしが知るわけないだろう」

「まあ」

　奈穂は大きな目を見開き、信じられないという顔をした。

「そもそも、どうしてそなたは学問所に入りたいのだ」

「御儒者になりたいのです」

「ほう」

　倫太郎が感心したような声を上げると、奈穂は得意そうに顎をそびやかした。が、それも一瞬のこと。

「でも、わたくしは女子だから――」

「仕方ないね。それが決まりだ」

　奈穂はしおれて目を伏せた。しかし泣き出すわけでもない。利かん気な娘らしく、薄い唇をきっと結んで倫太郎の顔を睨んでいる。

「どうしても御儒者になりたいなら、そなたが決まりを変えればいい。女子が学問所に入れるよう、お役人に働きかけて道を切り開いたらどうだ」

　倫太郎は学問所に女子が入ってきてもかまわないと思っている。学びたいと思う心に男も女もないだろう。

「無理だと思うか」

「あなたは、ご自分なら御儒者になれると思っていらっしゃるのですね」

奈穂は倫太郎の問いには答えず、話をそらした。今はまだ自分が学問所に入りたい一心で、その先のことは念頭にないのだろう。

「どうだろう、望めばなれるかもしれぬ」

「とてもそうは見えませんけれど」

見えようと見えまいと、寄宿稽古人の首席は倫太郎である。春の試験でもその座は譲らなかった。望めばなれるに違いないと思う。古戸李など、今から倫太郎を自分の後継者と考えているようで、何かと理由をつけては、学問所の敷地内にある御役宅へ来い、来いとうるさい。

しかし、それを話しても奈穂はきっと悪い冗談と思うだろう。

「そう力んでも仕方あるまい」

倫太郎は空を仰いでつぶやいた。

なるようにしか、なるまい。と、いつも思う。

越後の名主の家に生まれた自分がいつのまにか御家人の倅となり、江戸で御儒者の卵として暮らしているのも、思いもよらなかったなりゆきだ。この先どんな展開が待っているのか、わかったものではないというのが実感である。

本当は戯作者になりたいのだ、と実父にも義父にも言い出せずに三年。学問吟味はいよいよ来年に迫っている。それに通れば、自分は否が応でも御儒者となってしまうのだろう。

が、それはまだ先のこと。

風の吹くまま、流されるまま。わたしは柳のように生きるのだ。そう、遊び草として。しっかりした後ろ盾のない自分が江戸で立身するには、結局それしかないと思う。御儒者になるのか、戯作者になるのか。今の倫太郎には自分のことながら行く末が見えない。要するに、まだ己の中で結論が出ていないのである。

倫太郎は気ままに空を泳ぐ柳を仰いだ。一見弱々しそうな柳が、実は風にも雪にも強い草であるのは前から気づいていた。触った感じは頼りないが、薪を束ねるのにも重宝する。柳は強い草だ。

「な。だから、そなたもあの柳のようにだな……」

指を差して横を向くと、隣に座っているはずの奈穂がいなかった。呆れてどこかへ行ったのだろうか。

辺りを見渡したが、それらしい人影はない。さがしに行こうと思った矢先、池の傍の躑躅《つつじ》の陰に花菱の裾が見えた。

――あそこにいるのか。

何をしているのだろう、一人で隠れんぼをするという柄でもなさそうだが。

すると、躑躅の葉の間から長い尻尾が覗いた。少しずつあとじさり、いやいやをしている。

虎子と一緒か、倫太郎は合点した。奈穂は学問所の庭に住みついている猫を見つけ、かまっているのだ。人見知りをする虎子が嫌がっているのにもかかわらず、追いかけ回しているらしい。

やがて虎子は後ろ歩きで躑躅の滝木から這い出し、一目散に逃げていった。


夢の中で鐘の音を四つまで数えたとき、照乃進はいきなり目覚めた。

今のは五つの鐘か？

と思った矢先に、もう一つ。

――朝の鐘……のはずがない。ということは。

つまり夕七つ（午後五時頃）の鐘だ。じきに日が暮れるではないか。照乃進は跳ね起きた。すっかり血の気が引いている。

「わたしとしたことが、遅刻など――」

奈穂の寝ていた布団は部屋の隅に畳まれ、周吾の使っている四畳とのしきりの襖も開いていた。がらんとした部屋で呆然としつつ、照乃進は自分だけ取り残された怒りに震えた。

照乃進は即座に出かける用意をした。ともかく講堂へ行かなくては。じきに講義も終わる頃だが、欠席の許可もとっていないのだ。顔を出さないわけにいかない。

「あの愚図め！」

辛抱ならずに口走った。相部屋の周吾が起こしてくれなかったことが何より腹立たしい。襖を開ければ照乃進が寝ているのに気づいたはず、それをなぜ放っておくのか。照乃進がうるさい妹をつれてきたことへの腹いせだろうか。

と、そこではっと手が止まる。

「奈穂……」

そうだ。どこへ行ったのだろう。この部屋の外に出るなと命じておいたのに。周吾に腹を立てて頭に昇った血が、今度は一気に引いた。

照乃進は矢も盾もたまらず部屋を飛び出した。

とたんに西に傾いた日が照りつけてくる。寝起きの頭にはまぶしすぎる光に目をしかめ、着物の裾が乱れるのもかまわずに走った。講堂が見えてきたのと同時に袴をつけてくるのを忘れたのを思い出したが、引き返してなどいられない。

きっと奈穂は講堂へ行ったのだろう。まさか寮生に混じって講義を受けることはできなかろうが、窓の外からでも講堂を覗いているかもしれない。

そう思って講堂の庭へ回ったところ、柳の下に脱ぎ捨てられた草履に驚き、足止めを食った。

頭の後ろで腕を組んでいた若い武家が、片目を開けてこちらを見る。

「おや」

「水島さま。奈穂を見かけませんでしたか」

照乃進が息を切らして訊ねているのに、倫太郎は大あくびで答えた。

「見たよ」

「何と。それはいつ頃でございましょう。今どこにいるか、ご存知でしょうか」

内心の怒りを堪えてさらに訊く。茹だるような暑さなのに、汗がちっとも出てこない。奈穂のことが心配で、身体が汗を出すのも忘れているのだろう。

「見かけたのは昼休みだが、話している途中でどこかへ行ってしまった。その辺りで遊んでいるのではないか」

倫太郎は無責任に言い、また一つあくびをした。

——この馬鹿……。

一緒にいたなら、なぜ寄宿舎につれ帰ってくれないのだ。

「すると、水島さまは奈穂が一人歩きをしていたのに、お咎めなさらなかったと。そういうことでしょうか。わたしの妹はまだ十二なのですよ？　どうして引き止めてくださらなかったのです」

気色ばんで責めても、まるで柳に風。

「そう言うが、わたしの知らぬうちにいなくなったのだ。仕方あるまい」

いい加減な倫太郎の物言いに、照乃進は目が眩むようだった。

「あなたは――」

それでも世話役か、と叫びたいのに口がうまく回らない。あまりの憤りに口も腕も勝手に震えているのだった。

照乃進は何も言わずに踵《きびす》を返した。こんな男を相手にしている暇はない。

「講堂へ行っても誰もいないぞ。休暇明けだからというので、講義が早めに終わったのだ」

倫太郎の声が追いかけてきたが、照乃進は足を止めなかった。


無人と思った講堂には東馬が居残っていた。

「井上さま」

たのもしい先輩の姿を見つけ、照乃進は声を弾ませた。こちらへ顔を向けた東馬へ一礼する。

「どうした。無断で授業を休んだようだが、風邪でも引いたか」

「いいえ、違うのです。そうではなく――、妹がいなくなりまして」

「妹君が？　そなたの部屋からいなくなったのか」

「はい。決して部屋の外には出るなと命じておいたのですが……。わたしが寝ている隙に抜け出したようです。甚だ面目ない」

「一大事ではないか。すぐにさがしなさい。わたしも助力しよう」

「ありがとうございます」

照乃進は深々と頭を下げたが、東馬はそんなことをしている場合か、と脇をすり抜けていった。

まず向かったのは、寄宿舎から講堂をへだてている木戸門である。

「若い娘を見なかったか」

東馬が下番の若い男に訊ねた。

「わたしの妹が行方不明になったのです」

照乃進も言い添えたが、若い下番は首を傾げるばかり。

「昼からずっとここに立っていますが、娘さんは見かけませんね」

東馬は即座に歩き出した。あわてて照乃進もそのあとを追う。

庭で池に長い棒を突き刺して底をさらい、講堂の縁の下の暗がりを覗いた。もしかして、と照乃進は東馬に奈穂が学問所に入りたがっている旨を告げた。それなら、と講堂に取って返し、教室を一つ一つたしかめた。

腹を減らしているはずだから、と寄宿舎に戻って膳の間へいったが誰も知らないという。厠にも風呂場にも、奈穂が立ち寄った形跡はなかった。

「おらぬな」

がらんとした風呂場の床にへたり込み、東馬が気弱につぶやいた。

「はい」

「おかしいな、見つからぬはずがないのだが」

「はい……」

相槌を打つのも億劫なほど、照乃進もくたびれ切っていた。東馬と二人で奈穂を捜索して半刻、もう空が暮れかけている。

若い娘が行きそうな場所といえば、ここしかない。

自信満々な東馬の口車に乗せられ、広大な学問所の敷地内を東へ西へ幾度往復したことだろう。日頃は寄宿舎と講堂の往復にしか使わぬなまった足が悲鳴を上げ、心の焦りとは裏腹に休みたがっていた。

「ひょっとして、一人で家に帰ったのではないか」

「まさか、そんなはずはありません。帰り道もわからぬでしょうし」

照乃進が言うと、東馬は物憂そうにうなずいた。天を仰いで湿った咳をする。

明かり取りの窓から気だるい西日が射し、風呂場の床を染めていた。斜めに伸びる金色の日差し越しに細かい塵が泳いでいる。空の乱れ箱の下には長い影。

何がここしかない、だ。そんなことを言ってつれ回しておきながら、まるで当たらないではないか。

照乃進はくたびれた足をさすりながら、ちらと思った。東馬はへたり込んだまま、立ち上がる気力もない様子である。また咳を一つ。夕さりの光を浴びた横顔が意外なほど幼く見えた。

東馬は三つ年上の十七歳。頭もよく、しっかりとした大人だと感じていた先輩が、急に頼りなく映った。うなだれた肩の線も細く、子どもも子どもして見える。

それも当たり前なのかもしれない。いくら優秀といっても、所詮は学んでいる途中の身。要するに半人前なのだ。

壁にもたれて座っている照乃進と東馬の影が、寂しげに薄らいでいく。日が沈みかけているのだ。それを待っていたように、捨て鐘が三つ。長い余韻を引きずりつつ、暮れ六つの鐘が駄目押しをする。もう妹は帰らないよ、と。

「奈穂――」

じきに夜がくると悟ると、情けないことに目の奥が熱くなった。照乃進は膝を抱え、片袖で目を覆って泣いた。肩にあたたかな掌を感じた。東馬が撫でてくれているのだった。

「すまぬ。頼りにならなくて」

東馬の詫びる声が切なくて、よけいに涙が止まらなくなる。

「いいえ……ち、違います」

照乃進は泣きながら首を振った。悪いのは自分だ。

妹一人の監視もできないとは情けない。おまけに己の監督不行き届きが原因で奈穂が消えたというのに、それを棚に上げて周吾や倫太郎に八つ当たりをした。一緒に走り回ってくれた先輩を頼りないと見下すなど、責任転嫁もいいところではないか。

東馬はいつまでも照乃進の背をさすってくれた。その手のあたたかさに涙がこぼれ、しばらく立てなかった。


ほとんど宵の色になった空に一番星があらわれた。

後ろを歩いている東馬の輪郭がおぼろで、足音ばかりが高い。泣き止んだ照乃進は奈穂の捜索を再開することにした。

だるい足を引きずって寄宿舎の玄関を出て、どこへ行ったものかとためらう。もうさがしていない場所などない気がした。

日の落ちたばかりの地表は熱がこもっていて、歩くうちに汗がにじんできた。それを嗅ぎつけた蚊がうるさくつきまとい、耳や頬の辺りをかすめる。

ふと黒い影がゆらりと近づいてきた。重そうな草履の音がこちらへ歩んでくる。

「おお、出迎えてくれたのか」

寄宿舎に帰ってきたのは倫太郎だった。背中に奈穂をおぶっている。

「遅くなってすまない。心配したろう」

倫太郎は驚きと安堵で口も利けない照乃進に笑いかけ、大丈夫、どこも怪我はないと付け加えた。奈穂は倫太郎の首に腕を回し、口を開けて眠っている。

「裏の原っぱで遊んでいたのだ。虎子と一緒に」

静かに奈穂を揺すり上げ、声をひそめて言う。倫太郎は寄宿舎の丸太柵の破れから裏の火除け地へ出て、虎子の背にもたれて眠りこけている奈穂を見つけたらしい。

倫太郎は自分と話している途中でいなくなった奈穂が、講堂の庭で虎子と追いかけっこしているのを見たのだそうだ。それで照乃進に奈穂がいなくなったと聞かされたときに、きっと猫のあとをついていったのだろうと見当をつけたという。

「そなたの妹君は誰かのあとをつける癖があるようだから」

「ですが、猫の行き先などよくわかりましたね」

照乃進が首を傾げると、倫太郎は気さくに目をほころばせた。

「なに、造作もないよ。わたしは虎子とは懇意にしておるから、あいつの行きそうな場所は頭に入っている」

猫はさほど縄ばりの広い動物ではないのだ、と倫太郎が教えてくれた。ねぐらが講堂の庭にあるのだから、せいぜい遠くても東は通いの学生たちの講堂の付近、西は役人長屋の辺りまでが虎子の縄ばりだという。

丸太柵を越えたといっても、虎子が寝ていたのは柵のすぐ横。人に対しては威張っているが、実のところは臆病な猫なのだと、倫太郎はなぜか声をひそめて言った。

「どこに隠れて聞いているかわからないだろう。あいつはすぐに仕返しにくるから留意しないと」

人差し指を口に当てて辺りを窺う倫太郎は、やはり寮生代表に見えなかった。平気で空ごとを言う、いい加減な先輩だと思う。

だけど――。

「よかったな。これでひと安心だ」

それまで黙ってやり取りを聞いていた東馬が、照乃進の肩を叩いた。頰骨のところが妙に赤い。学問所を駆け回っていた間に日に焼けたのだろうか。

「妹君は無事だったのだ。そなたも今晩はゆっくり――」

そこまで言うと、ふいに東馬の身体が不自然に傾いだ。半目になって仰むけに倒れる。手を貸す暇もなかった。

派手な物音に気づいたお役人が駆けつけ、床に伸びている東馬の額に手を当てた。

ひどい熱だと大騒ぎになった。

焦げた匂いの白い煙の向こうで、にぎやかな笑い声がはじけた。

「あ、落ちちゃった」

蛍火のような小さな光がすうっと落下し、草陰に消えた。辺りに薄闇が戻り煙の色がぼやける。

「兄さまのは、長もちしていますね」

奈穂は照乃進の手元を見て、うらやましそうに言った。二人同時に火をつけた線香花火は照乃進のほうが丈夫だったのか、夜風にも負けず、けなげな火の花を咲かせている。

「待っていなさい。これがすんだら、もう一本つけてやる」

「いいの。今は見ているだけで」

奈穂は大人びた口調で言い、おとなしく線香花火を眺めた。これまでの奈穂なら照乃進の花火が消えるのも待てず、駄々をこねるところだ。

(わたくし、明日の朝に帰ります)

昨夜、奈穂は言った。それが今夜も泊まることになったのは、倫太郎が一緒に花火をしようと誘ったからである。二人でどんな話をしたのか知らないが、奈穂は倫太郎を好いているらしい。

「そなた——」

学問所のことはもういいのか。そう訊こうとしたら、人影が差した。

線香花火の束を持った倫太郎がやってきて、兄妹の間に勢いよくしゃがんだ。とたんに照乃進の手元から火の玉が落ちる。

「ああ……」

思わず子どもじみた溜息がもれ、照乃進はひとりで頬を染めた。が、あちらこちらで似たような声が上がっている。日頃はいかにも秀才然としている先輩たちが花火を前に子どもに戻っているのだった。

「よし、競争をしよう」

倫太郎に線香花火を渡された。照乃進と奈穂それぞれ一本ずつ。倫太郎も一本握っている。

「最後まで残った人が勝ち」

と、倫太郎は言い、奈穂の花火に火をつけた。次は照乃進。

倫太郎が最後に自分の花火に火をつけるのを見咎め、奈穂は「ずるい」と笑った。

照乃進も一緒になって笑った。一番あとに火をつけたはずの倫太郎の花火が、最初に消えたのを見て、兄妹でお腹をかかえる。

「これぞ因果応報」

倫太郎はそんなことを言い、本気で悔しがった。

今夜は東馬が古戸李に許しを取りにいってくれた。奈穂が学問所で過ごす三日目の晩、寄宿舎の庭でささやかな夏祭りが開かれた。

線香花火をする者や、茣蓙《ござ》を敷いて車座になり、怪談話に興じる者たち。三十名の寄宿生が思い思いに遊んでいる。

怪談話の輪の中に相部屋の周吾がいた。照乃進といるときより、ずっと伸びやかな表情をしている。昨日の朝、周吾は幾度も照乃進に声をかけてくれたのだそうだ。遅刻をしますよと。それでも目が覚めなかったのは、夜明けまで起きていた己の不覚。

照乃進は久し振りに大きな口を開けて笑った。春に入学してからというもの、夜に講義のおさらいをしない晩は初だった。その後ろめたさや不安も皆の楽しそうな顔や声にまぎれて遠くなる。

――祭りだものな。

今夜だけ、自分に怠惰を許すことにした。明日からまた鉢巻を締め直せばいい。

「兄さま」

ふいに奈穂が小さな声で言った。

「水島さまって、いい方ですね」

「そうだな」

「わたくし、あきらめません。いつか学問所に入ってみせます。女子が学問できるよう、わたくしが規律を変えるの」

照乃進はうなずいた。そうなるといい、と素直に思った。


庭の端で東馬が膝を抱えている。

昨夜の高熱は落ちついたものの、まだ微熱が残っているのだ。夏風邪を人に移してはならぬ、と自ら距離を置いているのだ。

普段は白い頬が火照り、薄赤く光っていた。身体はだるいのだろうが、軽く酒に酔ったような機嫌のいい顔をしている。

照乃進は線香花火を二本持って、東馬のもとへ歩いていった。

東馬は柳の木に背を預けて座っていた。夏の夕風にあおられ、柳の枝先で若い葉が楽しそうに踊っている。

照乃進はあこがれの先輩に花火を差し出した。

「一緒にやりませぬか」

第三話　石に花

どうして、この男はいつもこうなのだろう。

「駄目だ」

「いいじゃないか、別に」

「ここをどこだと思っておる、学問所だぞ。何が潮湯治だ、町内会の寄り合いをしているのではない」

東馬は思わず声を張り、額の汗をぬぐった。ただでさえ狭い七畳ひと間に男二人が向かい合っているのは、不快きわまりない。

それというのも、この男が寮の規律についての話し合いの最中に、突然とんでもない提案をしたからだ。

「かりかりしてるなあ。そうだ、腹が空いているんだろう。昼餉を残すからそういうことになる」

倫太郎が的はずれなことを言い、東馬の顔を団扇であおぐ。汗の匂いのする生ぬるい風が鼻先をかすめ、思わず横を向いた。たしかに昼餉は残したが、それとこれとは関係ない。

「よせ。なおさら暑くなる」

また声を張った。高い声を出さないと聞こえないのだ。

「だから海へ行こうと言うのに。浜辺で潮風を浴びているだけでも、ゆったりとして気分がいいぞ」

しつこく言いつのる倫太郎もいい加減うるさいが、窓外の蝉はもっとうるさい。学問所には寮舎が三棟。東馬の部屋は南寄宿所の端にある。庭に面した角部屋だ。庭には見事な桜の木も植わっていた。

頭取の役得とよろこんでいられるのは春の間だけ、花が散って葉桜が萌える頃になると毎年毛虫に悩まされ、梅雨が明ければ油蝉の大合唱。

昼間など、襖越しに声をかけられても気づかないことが頻繁にある。とにかく蝉の声がやかましいのだ。といって雨戸を閉てれば部屋は蒸し風呂。結局のところ、蝉と暑さのどちらを選ぶかという、消極的な選択しかない。

倫太郎に反論しようにも、蝉しぐれのやかましさに気が萎える。東馬は乱鳴がおさまるのを待った。

全開にした窓の外で濃い緑と、あふれんばかりの木漏れ日が弾けていた。乱反射する日差しの玉がまぶしくて目を細める。

油蝉の乱鳴は容易におさまりそうになかった。倫太郎もしゃべらない。暑さが頂点にきている真昼、いちいち大声を出さねばならないのが面倒なのだろう。

少し仰向いて目を閉じると、まぶたの裏に白っぽい膜が広がり、頭の後ろが重くなった。ここのところ寝苦しい夜がつづいているので、疲れが溜まっているのかもしれない。つい甘い睡魔にからめとられそうになる。

——いかん。

はっとして目を開けた。うっとりした眠気を振り払うように頬を叩いて、伸びをする。

「座ったまま昼寝をするなよ」

「うるさい。講義中に居眠りするお前よりましだ」

「ま、この暑さで疲れておるのだろう。今年は尋常でないからな」

その通りだった。そればかりは倫太郎に同意しないわけにいかない。今年は梅雨明けが遅かった代わりに、夏が来た途端、出足の遅れた分をとり戻せと言わんばかりの炎天がつづいている。

「だからといって、海には行かぬぞ」

そもそも潮湯治など聞いたこともない。倫太郎は子どもの時分によく父の海釣りについていき、浜辺で寝そべったり泳いだりしたという。変わった男だ。そんなことをして何になるのだろう。

「じゃあ、そなただけ寮に残れ。海へは二十九人で行く」

倫太郎はしれっと言った。

「何だと」

「もう古戸李先生からお許しはいただいているのだ。あとはそなたが了承するか否か。どうしても厭なら、無理強いしないよ」

「それは提案と言わん。報告ではないか」

東馬は鼻の頭に皺を寄せ、倫太郎を睨んだ。

何というふざけた男なのだろう。官費で修学させていただいている寄宿生たる者、たとえ灼熱に焙られようと、涼しい顔で耐えて学問に邁進するのが筋ではないか。寮をあげて海へ遊山など話にならぬ。

東馬の憤りを察知したものか、庭の油蝉が合唱をいっせいに中断した。よし、と思って鼻から大きく息を吸う。

「たわけたことを――」

申すな、と叫びかけたところ、外で若い娘の声がした。

「こんにちは。八百源です」

陽気な声が玄関のほうから聞こえる。

「どうした、急に黙りこんで」

「うん？　いや、別に何もないが。ちょっと、ここで待っててくれ」

東馬は上の空で返事をすると、倫太郎を残して部屋を出た。


廊下を急ぎ足で行き、偶然を装って膳の間へ回った。

昼餉が終わったところで、四間四方の膳の間はがらんとしている。奥では水の音がしているが、住み込みで料理番をしている夫婦ものは顔を出さない。蝉の声にまぎれ、娘の挨拶が聞こえなかったのだろう。

そこで代わりに、東馬が膳の間の裏口に顔を出した。毎日野菜を届けにくる八百屋の娘が、鼻の頭に玉の汗を浮かべて佇んでいる。

「あおいどの。配達か」

「はい、井上さま。今日は茄子と胡瓜《きゅうり》、それに枝豆をお持ちしました」

八百源は主を病で失って以来、あおいの母親おかよが細腕一つで切り盛りしている。おかよは太って気のいい女子で評判もよかったのだが、腰を痛めたとかで最近はほとんど寄宿舎に顔を出さない。自分は店売りに専念し、配達は十六の娘に任せることにしたのだという。

それで今日もあおいが寄宿舎へやって来た。

小柄なあおいは東馬と話すときには、常に上を向いている。そうすると自然、つぶらな目がさらに丸くなって幼子のような表情になる。日々の畑仕事と配達でよく焼けた顔や腕からは、日向の匂いがした。

古びた手押し車には摘みとったばかりの野菜が、みずみずと光ってならんでいた。毎日あおいが母や弟と一緒に水をやり、草をとって育てたものばかり。照りのいい、つるりとした茄子は形が丸くて、どこかあおいの顔に似ている。

「どれ、わたしが運んで進ぜよう」

「いえ、そんな。大丈夫です。あたしがやりますから」

あおいは手を振って東馬の申し出を退け、失礼します、と奥へ向かって挨拶をした。奥の水音が止まった。今の声を聞きつけたらしい料理番の夫が、前垂れで手を拭きながら出てくる。二十五年も寄宿舎で飯をつくりつづけているという、古株の喜平であった。

「やあ、ごくろうさん」

あおいとさして背丈の変わらない喜平が、愛想よい笑顔を振りまいた。

「こんにちは、おじさん」

「いいよ、いいよ。あたしが運ぶから。あんたはそこで待っていな」

あおいが手押し車から野菜を運ぼうとすると、喜平は今しがた彼女が東馬にしたのと同じ仕草で助力を拒んだ。喜平は前垂れで茄子や胡瓜をくるんで奥へ運び、足早に戻ってくる。今度は妻のおくまもついてきた。

老夫婦が二人がかりで野菜を奥に運んでいくのを見ながら、東馬はその傍で所在なく棒立ちしていた。

いったいどうしたらいいものか。東馬は老夫婦が立ち働くのを眺めつつ、居心地の悪い気分を味わっていた。

さりげなく見れば、あおいは首にかけた手拭いでこめかみの汗を拭いている。町娘らしいさばけた仕草だが、軽く首をかしげた角度が女っぽい。

「何ですか？」

東馬の視線に気づいたあおいが、あっけらかんと言う。無邪気な目で見返されて、とっさに目を逸らしたものの、それではよけいに怪しいではないかと、もう一度彼女に顔を向ける。

あおいは東馬を見ていなかった。

「水島さま！」

彼女の視線は東馬の身体をすり抜け、膳の間の入り口に注がれている。東馬の部屋にいるはずの倫太郎が、ぶらぶらと片手を挙げて入ってきたのだ。

部屋で待っているよう言っておいたのに、なぜ膳の間にあらわれるのだ、この男は。しかも、こんなときに。

東馬の胸中のぼやきとは裏腹に、あおいはうれしそうな声を上げた。

「暑いのに、学問ごくろうさまです」

「なに、今はひと休みをしにきたのだ。おくまさんに麦湯でももらおうと思ってな」

「そうなんですか。麦湯なら、あたしうまくつくれるんですよ」

「ほう。じゃあ今度、ご馳走してもらいに行くかな」

「ええ、ぜひ！」

倫太郎が言うのに、あおいはいちいち大きくうなずいている。心なしか浅黒い頬が上気して、声も高い気がする。

まあ、町娘のあおいからすれば、寄りつきにくい旗本の自分より、越後の名主の倅の倫太郎のほうが話しやすいのだろう。そうは思うが、少々寂しい。

東馬が二人の会話に入れずにいると、ふと倫太郎がこちらを見た。

「ところで東馬。こんなところで油を売っておったのか。いつまでも部屋に戻ってこんから、待ちくたびれたぞ」

「そうか」

倫太郎が東馬の肘をつつく。

「で、どうする？　行くのか行かないのか、どっちでもいいけど」

「だから、わたしは――」

そんなくだらぬ遊山には付き合いたくない。しかし、あおいの見ている前で喧嘩をするのも気が進まず、東馬は適当に言葉をにごした。

「どっちなんだ、はっきりせい」

「何のお話ですか」

ためらいがちにあおいが声を挟んだ。やはり倫太郎のほうを見ている。

「たいしたことではない。夏季課外講義について、東馬と話し合っていたのだ」

「何が課外講義だ。ただ海へ遊山に行くだけではないか」

東馬が冷たい声で返すと、あおいがいきなり振り向いた。

「海？　本当ですか？」

甲高い声で言う。あおいの意外な反応のよさに東馬のほうがとまどった。つぶらな瞳でまともに見つめられ、思わずどぎまぎする。

「いいな、あたしも行きたい」

「ふむ、おっかさんと昭二と行けばいい」

倫太郎の返事はすげない。母親と弟と一緒に海へ行け、と言われ、あおいは倫太郎を叩く真似をした。

「意地悪な水島さま。身内と海へ行ったって、おもしろいものですか。うちのおっかさんは重くて水に浮かないし、昭二だって、てんで怖がりなんですから。海へなんぞ放り投げたら、水の中でおもらししちまう」

「じゃあ、山へ行ったらどうだ」

「山は蛭《ひる》が出るもの。あたし、子どものときにそれでひどい目に遭ったんです」

あおいは踝の見える丈で着付けた裾をわずかにからげ、よく発達したふくらはぎの後ろを指差した。

「ほらここ。まだ痕になってるでしょ」

「どれ――。なんだ、黒くてわからん」

「ひどい！」

倫太郎のからかいに、あおいは白い歯を見せてはしゃいだ。見ようによっては媚びた感じのする拗ね方も、この娘がするとそうは見えない。たとえて言うなら、妹が仲のいい兄に甘えているようなものか。

「いいじゃないですか、あたしも一緒に海につれていってくださいな。下女代わりと思って。皆さんの分もお弁当をこしらえますから」

あおいは冗談口にまぎらせ、倫太郎に手を合わせている。

「駄目だ」

「よかろう」

東馬と倫太郎は同時に言った。

「いいのか?」

倫太郎が目を丸くして振り向く。

「寄宿舎の行事だぞ。部外者をつれていったりしてはまずいだろう」

今さら何を言うか。海へ行こうという時点で寮の規則を逸脱している。どうせ逸脱するなら、町娘の一人くらい、つれていこうがいくまいが同じだ。

「かまわぬ。わたしが許可しよう。あおいどの、寮生の潮湯治への参加を認めるぞ。うまい弁当をつくってくれたまえ」

なるべく気軽な口調で言ったつもりが、あおいは一瞬とまどいの表情を浮かべた。

「本当によろしいのですか」

いきなり硬い言葉で返される。

「むろん、いいとも」

「でも、水島さまが駄目だと……」

あおいが遠慮がちにもらしたひと言が気に障り、東馬は胸をそびやかした。議題の最終決定権が誰にあるのか、彼女は知らないらしい。

「かまわぬ。これは頭取であるわたしの決定だ。わたしがいいと申している以上は、世話役の倫太郎の反論など受けつけぬ」

憮然として言い放つと、場がしんとした。

「はい」

気のせいか、あおいの相槌も萎縮している。東馬は咳払いをしてしまった。怯えさせるつもりではなかったのだが、あとの祭りだ。東馬は咳払いをして沈黙を散らした。

「よかったな、あおいどの。お前のねばり勝ちだ」

そこへ倫太郎が呑気な合いの手を入れる。

「では、海へ行くのは寮生全員の三十名に、あおいどのを加えて三十一人か」

「ああ」

勢いで賛同したものの、東馬は今になって決まり悪い思いにとらわれていた。これでは、あおいが行くなら自分も行く、と言ったようなものではないか。顔が赤らむのをごまかすために、わざとらしい咳をまた一つ。

が、あおいも倫太郎もそんなことには気を留めていない様子だった。弁当のおむすびは梅がいいだの、それとも塩昆布がいいかだの、くだらぬ話で盛り上がっている。

「おい、倫太郎」

東馬はやや強い声で二人の会話を制した。

「さっそく古戸李先生のところへ許可をとりにいくぞ。一緒に来い」

あおいがふり向く前に、東馬は背を向けて膳の間を出た。

「おい」

「……」

「おいこら、早く起きぬか。夜が明けるぞ」

倫太郎は痩せた背を丸め、布団にしがみついている。先刻から肩を揺さぶっているのだが、まるきり目を覚まそうとしない。

どうしてくれようか。あれほど明日は早いぞ、と念を押したのに。じきにあおいが来てしまうではないか。

暁七つ（午前三時頃）には寄宿舎の膳の間に集まって、一緒に弁当つくりをする約束をしてある。その時刻が間近に迫っていた。なのに、倫太郎が呑気に惰眠をむさぼっているのだ。

東馬は苛々として足踏みをし、主の寝ている部屋を見回した。だらしない倫太郎が暮らしているにしては、割に片付いているのが意外だった。

やや乱雑に見えるのは机周りだけである。文机の上には筆と墨壺、それに半紙の束が積んであった。反古にしたらしい丸めた紙も幾枚。

――やはり、こっそり精進しているのか。

もしかすると昨夜も遅くまで講義のおさらいをしていたのかもしれない。それで、今も起きられないのだろう。

そうだよな、と東馬は思った。でなければ、しょっちゅう講義中に居眠りをしたり、ずる休みをしている者が常に首席でいられるはずがない。ずっと不思議だったのだ。いい加減で怠け者の倫太郎が、なぜ筆頭の成績を修められるのか。

が、文机を見れば、倫太郎の陰の精進が一目瞭然。彼の真の姿はあそこにある。そう思うと、東馬の胸はにわかに騒いだ。

どんな方法で精進しているのだろう。東馬は文机の上の反古紙を眺めた。もしかしたら、あれに倫太郎の秘密が隠されているのではないか。

幸い、倫太郎は起きる気配がない。ちらと見るくらいならできそうだ。

――いいよな。

別に反古にしてある紙を覗くくらい。それで倫太郎が困ることもなかろう。

東馬はもう一度、寝ている倫太郎を見た。大丈夫。よく眠っている。足音を忍ばせて文机に近づき、丸めてある反古紙に手を伸ばした。

「う……ん」

そのときだった。いきなり倫太郎が寝返りを打った。

予想していなかったなりゆきに、東馬は泡を食った。掴んだ反古紙を放り出そうとした拍子に、指をしたたか文机の角にぶつける。

「痛っ」

思わず上げた東馬の悲鳴に、倫太郎が寝ぼけまなこを開いた。

しばし無言で見つめ合う。反古紙が畳にころがる乾いた音に冷や汗が出た。

「……東馬か」

「いかにも」

苦笑いと愛想笑いの中間のような、おかしな笑みをとっさにつくり、東馬は倫太郎の次の言葉を待った。倫太郎は大欠伸を一つして、目をこすった。やおら布団に起き上がり、首を回す。

「かたじけない、起こしにきてくれたのか」

「あ、ああ」

「うん。じゃあ起きるよ」

たぶん気づいていまい。倫太郎の声は屈託がなかった。東馬の見ている前で寝巻きを脱ぎ、色の褪せた紺の小千谷縮に着替える。

つれだって膳の間へ行くと、既におあいが待っていた。

「おはようございます」

朝から実に元気がいい。

料理番の喜平夫婦に話を通してあったとかで、一人で先に下ごしらえをしていたらしい。膳の間は炊き上がったばかりの飯の甘い匂いで満ちていた。

長い飯台には梅干やおかか、塩昆布などおむすびの具がならべられていた。

「お二人には、おむすびをつくっていただきたいのですけど」

あおいは手を動かしつつ、顔だけ向けて言った。彼女は茄子を揚げていた。家でもやりつけているのだろう、手つきがいい。

「脇によけてある煮卵は使わないでくださいね。さっき匂いをかいだら、傷んでいるみたいだったので」

言いながら菜箸で茄子をつまみ、網に上げる。その横では七輪で鮭を焼いており、あおいはそちらの焼き具合も横目でたしかめていた。

「さあて」

頓狂な掛け声をして、倫太郎が袖をまくった。こちらは、あおいと大違い。まるで手つきがなっていない。

「行楽には三角むすび、と」

どこが三角だ。倫太郎の粗雑な手で握られた飯はいびつで、三角どころか丸でもない。適当にむすんだ飯のかたまりは、あちらこちらから梅干やたらこがはみ出していた。いくら男の手料理といえ、もう少しましなものをつくれないものか。

よし、それではわたしも――、と思ったところで気がついた。

「待て。お前、手を洗ったか」

「おっと」

「おっとじゃないぞ。しっかりしてくれ。汚い手でにぎったら腹を下すではないか」

案の定だ。油断も隙もあったものではない。東馬は倫太郎を追い立て、指から肘まで洗わせた。

しかし、そのあとも弁当つくりは好調とは言いがたかった。倫太郎は相も変わらず適当なおむすびをつくるので目が離せない。

「こら、そんなにぎり方があるか」

倫太郎はこともあろうに、塩昆布を飯にまぶしていたのである。

「どこがおかしい。わたしの郷里では、塩昆布にぎりといえばこうだ」

「ふん。それは田舎のやり方よ。江戸ではそんな野暮な食い方はせぬ。塩昆布はまぶすのでない、真ん中に入れて具にするのだ」

「どちらでもいいではないか」

「いや、駄目だ。塩昆布は真ん中」

こんな調子で、いちいちぶつかった。どちらでもいいと言うくせに倫太郎は自分のやり方を曲げない。どんなこだわりがあるのか知らないが、頑として譲らないのである。

「ええい、もう勝手にしろ。お前のつくったのは食わん」

業を煮やした東馬が叫ぶと、あおいが振り向いてくすりと笑った。その顔がいつになく艶っぽい。

東馬は飯を握る手を止めて、あおいの横顔に見とれた。

こんな娘が嫁にきてくれたら楽しかろうと思う。が、考えたところで無駄だとも、わかっている。東馬は旗本の息子で、あおいは八百屋の娘。到底夫婦にはなれまい。埒もない夢想をするのは無駄だ。

苦い思いの走った胸をなだめるように、東馬は無心で弁当をつくった。もう倫太郎のことなど知らぬ。いびつなおむすびの責任は自分でとればいい。

黙々と作業を進めると、弁当つくりはにわかにはかが行った。おむすびをつくったのは生まれてはじめてだが、なに意外と才があるではないか。少なくとも倫太郎のいびつな飯の塊より食欲をそそるだろう。

東馬は心を空にして次から次へ飯を握った。用意してある具はすべて使おうと、飯と具の分量を目で計りながら握る。脇によけてあった玉子も余さず入れ、大量のおむすびができた。

最後の一つを飯台に置くと、ささやかな満足感があった。我ながらうまそうだ。指についた飯粒をなめると、つんと塩の味がした。

出立は朝の早いうちだった。

目指すは品川。

春先から初夏にかけて、潮干狩りでにぎわう宿場町である。歳の若い者から順番に二列縦隊で早足に進んだ。この分なら、日が高くなる前に品川へ着くだろう。

東馬は先頭を歩きながら、ときおり振り返って列に乱れがないかどうかたしかめた。三十名もの若い武家がつらなって歩いているのだ、わずかな気のゆるみで周囲に迷惑をかけることもあろう。

往来ですれ違う人々は度肝を抜かれたようにあとずさり、つれの者と袖引き合って寮生を見送った。まさか参勤交代でもあるまいし、何の行列だろうという好奇のまなざしが背を追ってくる。

「疲れないか」

「はい」

東馬の横を歩くあおいはそうした目が気になるのか、話しかけても小さくうなずくきりで、ほとんど口を利かない。

「歩調が早過ぎたら遠慮なく申せ。無理をして男の足に合わせる必要はないぞ」

今のところ、皆粛々と行進をつづけていた。倫太郎もおとなしく最後尾を歩いている。ふざけて騒いだりする者はいなかった。目深にかぶった笠の下に覗くのはへの字口ばかり。

前後を頭取と世話役に挟まれ、幾分緊張しているのかもしれない。寮を挙げての遊山という大胆さに、恐れを抱いている者も少なくないのだろう。

しかしよく見れば、こわばっているのは口許だけ。腰にはさんだ釣竿や魚籠は浮かれたように弾んでいる。いかめしい顔つきをこしらえてはいても、勇んだ足取りに遊山への昂揚があらわれているのだった。

寄宿舎を出た時点では低かった日も、歩くうちに高くなる。今日もきっと油照りになるのだろう。そんな空の色だった。

東海道へ出ると、旅姿の者が増えてきた。誰もが足早に前へ進み、若い寮生たちの足にも負けずについてくる。朝の涼しいうちに行けるところまで行きたいと思うのは、彼らもまた同じなのである。

東馬のすぐ横を上背のある旅人が歩いていた。武家だ。公用でどこかへ赴くのだろうか、横顔もきりりと引き締まっている。何とはなしに歩調を合わせ、つかず離れずの間隔をたもって歩いてゆく。

名も知らぬ旅人と道行きをするうち、東馬の胸も段々と開放的になってきた。ときおり笠を押し上げる夏風はからりとして心地よかった。にじんだ汗もすぐ乾く。

こめかみに流れた汗を手の甲で拭き、笠の庇越しに上を仰ぐと呆れるほどの晴天が開けていた。

寺と寺に挟まれた道を行き、橋を渡った途端に風が変わった。

深呼吸すると、喉に塩辛さがからむ。海が近いのだ。そういえば、行き交う人々の顔も潮焼けして浅黒い。寄宿舎を出て半刻も経っていないというのに、空も風も別の色を帯びている。

――すごいな。

何の前触れもなく、そう思った。心からのつぶやき。暑いはずだ、空には雲一つないのだから。

町屋の軒には洗濯物と一緒に魚が干してあった。浴衣や下帯とならんで、潮くさい魚がはたはた揺れている。

「海だ！」

後ろで誰かが叫んだ。

「本当だ、潮の匂いがする」

別の者も感嘆の声を上げる。それにつられ、二列縦隊の寮生たちがいっせいに跳び上がった。

細い道の先に川を横切る橋があった。それを渡れば海。

東馬は駆け出した。むろん皆もついてくる。あおいも走っていた。全員が海を目指して駆けている。

潮の匂いに導かれて走ると、道の先に光る水が見えた。埃っぽい道を蹴る草履の音と、腰で魚籠の揺れる振動。東馬は久々に駆けた。一足ごとに潮騒が近づいてくる。


小さな稲荷神社の隣に三角形の空き地があった。

東馬たちは浜辺で大きな車座をつくり、昼餉をとった。海を見ながら食べる弁当はことのほかうまかった。

笠を脱いだあとの頭に海風が涼しい。蒸れていた元結から熱が逃げ、ほっと一息つく。

「うむ」

東馬は自分でつくった梅むすびを頬張り、大きくうなずいた。

うまいではないか。勝手に笑みがこぼれた。おむすびと水だけの簡素な食事がこれほどおいしく感じるのは、いったいどういうわけなのだろう。

喉を鳴らして水を飲んでいると、倫太郎がそっと手を伸ばして東馬の前におむすびを置いた。海苔の破れ目から塩昆布がはみ出している。

「こら、それはお前がつくったやつではないか」

「実にうまいから、お裾分けする」

「もう入らぬ。自分が満腹になったからって、残りものをわたしに回すな」

東馬は倫太郎におむすびを突き返した。自分でつくったのを五つも食べて、東馬も腹いっぱいなのである。

それなら、と倫太郎はあまったおむすびを反対隣の寮生に回した。あ、くださいと誰かの声が上がる。

「よく食べるな」

「何を言う。お前こそ十は食べたじゃないか。寮の飯がまずいからって、ここで食い溜めするつもりだろう」

「ばれたか」

そのやり取りを中心に、笑いの小波が起こる。

深呼吸をすると、海と風の匂いで胸が膨らんだ。午後の日差しは強く、まぶし過ぎるほどだった。日陰から砂浜を眺めようとしても、光が乱反射して目を開けていられない。

波打ち際に漁船が何艘か舫《もや》われており、その舳先に海鳥が止まっていた。波が高くなると、なぜか海鳥も一緒になって騒ぐのがおかしかった。海苔の匂いを嗅ぎつけたのか、東馬たちの頭上を海鳥が回遊している。

ふいに倫太郎が首をすくめ、空を見上げた。

「やりおった」

忌々しげなつぶやきに目をやると、倫太郎の肩に白っぽい丸い染みがついていた。海鳥に空から糞を落とされたのだった。

「この礼儀知らずめ！」

倫太郎は腕を振り上げて怒鳴った。だが声は笑っている。海鳥の粗相《そそう》の標的にされたのが情けなくも、愉快なのだろう。どうせ海へ来ているのだ、着物ごと水へ入って洗い流せばいい。

寮生の輪の中で身を小さくしていたあおいも、これには涙をこぼして笑った。若い娘の声は響く。岩場で弁当を使っていた漁師たちが何事かと首を伸ばし、三十余名の若武家が車座になっている姿をものめずらしそうに窺った。

これほど楽しいものなら、潮湯治も悪くない。最初は半信半疑だったが、今では倫太郎の言葉が嘘でなかったという気がしている。

たしかに、このところの異常な暑さで寮生たちは弱っていた。秋の大試験に向けて勉学に励もうにも、夏負けで飯も喉に通らないのである。あのまま寮にこもっていたら、病人の一人か二人は出たかもしれない。

それがどうだろう。寮生の顔はいずれもつやつやしているではないか。半日で日に焼けて、どの顔も薄っすらと赤く丈夫そうな色になっている。なるほど潮湯治の効果はこれか。

東馬はのどかな潮騒を聞きながら、浜辺に落ちる濃い影法師を眺めた。

夏の午後は、はじまったばかりである。

「しかし、あれだな」

「何だ」

「釣りとはこれほど退屈なものか」

「それは、そなたが下手だからだ。わたしは退屈なぞしてないよ」

倫太郎は言い、器用に釣り糸をたぐった。またただ。東馬は二つならんだ魚籠を見比べ、こっそり溜息をついた。

品川の海へついて小半刻、東馬はまだ一匹も釣果がなかった。対して、倫太郎は五匹。いずれも小さな魚ばかりだが、坊主の自分とは明らかに差がついている。

「こつがあるなら、教えてくれぬか」

いつまでも坊主では格好がつかない。東馬は小声で倫太郎に頼んだ。

「そんなものはない」

倫太郎はつれない。すぐ隣で東馬が難渋しているというのに、自分だけ涼しい顔で釣り糸を垂れている。

東馬は浜辺にころがる大きな岩に腰かけ、かれこれ半刻も魚を待っていた。すぐ隣に座る倫太郎の上調子とは逆に、東馬の釣り糸はうんともすんとも言わない。自分の釣り針には魚よけの餌がついているのではないかと疑いたくなるほどの、無視のされようである。

――いったい……。

どこが違うのだろうな、と東馬は物言わぬ釣り糸を眺めながら思った。腰かけているのは同じ岩、使っているのも同じ釣竿。餌だってそう。

なのに、これだけの差が出る。たかが釣りではないかと思う一方、やはりここでも倫太郎に負けるのか、と忸怩たる思いにかられた。

あおいは二人から少し離れた岩の上で、健康な足を伸ばしていた。軽く眉をしかめているのは日差しがまぶしいせいだろう。白粉をつけていない肌は一年中浅黒いが、その清々しさが東馬には新鮮なのである。

気づかれないよう留意していたつもりだが、あおいが東馬の視線に振り向いて目礼した。そしてまた、海に目を戻す。

やがて、あおいは立ち上がり、二人のもとへやってきた。

「釣れますか」

小柄な影法師がななめに折れ、東馬と倫太郎の魚籠を覗き込んだ。

「へえ、水島さまは釣りがお得意なんですね」

「田舎にいた頃は、しょっちゅう海へ行ったからな。年季が違うよ」

「そうですか。井上さまは——」

言いかけて、あおいは途中で語尾をにごした。空の魚籠を前に、どう声をかけたらいいのかと頭を悩ませているのだろう。

「こいつは大物狙いだから。雑魚は相手にしないんだ」

東馬の代わりに倫太郎が答え、なるほどと、あおいが納得したようにうなずく。

あおいは黙って二人の間に腰を下ろし、釣り糸を眺めた。

別にかばってくれなくてもいいのだ。気を使われると、かえってみじめになるではないか。東馬は倫太郎の配慮がわずらわしかった。何が大物狙いだ、勝手なことを言いおって。ふん、そんなの、あおいどのは信じやしないさ。

海鳥が甲高い声でひと鳴きした。悠々とした翼で飛翔する海鳥は、白い腹を見せて夏空へ向かっていく。

真上からお天道様に焙《あぶ》られ、さっき飲んだ水がたちまち汗に変わった。それでも肌はからりとしている。海を渡る風が岩場を吹き上がり、涼しさを運んでくれているのだった。

あおいは退屈になったのか、浜辺に下りていった。濡れた砂で山をこしらえる者や、浅瀬に足を突っ込んでいる者を遠目に眺めている。

「おっ」

また釣れたようだ。こちらはさっぱり。いい加減、厭になってきた。

「ほら見てみろ。石に花が咲いてるぞ」

「……」

倫太郎は下のほうを指したが、東馬はそちらを見ようともしなかった。

馬鹿らしい、石に花なぞ咲くものか。

「へえ、きれいだな」

東馬が返事をしないのも気にならないらしく、倫太郎は無邪気な声をもらした。

横目で倫太郎を窺う。何も考えていなさそうな顔をしている。呑気に鼻歌なんぞをうたい、魚籠に新たな釣果を放り込んで。天下泰平。能天気。自分で言うのもなんだが、これならよほどわたしのほうが才気煥発に見えるというものだ。

だが勝てない。学業成績でも、釣りでも。

岩の下で生まれた風が着物の裾をめくる。真昼の湿風。雲が高いところで流れて、海の色が一瞬翳る。

精進が足りない、とは思っていなかった。自分なりに励んでいるつもりだ。なのに。

——場所を換えようか。

東馬は腰を浮かした。ここにいては、みじめになるばかりだ。たかが釣り、と胸のうちで繰り返す、その慰めが本格的な愚痴に変わる前に。

ところが。

立ち上がろうとした瞬間、下腹に鋭い痛みが差した。息を吸うのも忘れてしまうほどの痛みである。

「……」

片手を岩についた姿勢で東馬は顔をゆがめた。腹が重く熱い。身動きしようとすると痛みが走り、目が眩む。ただならぬ事態である。

隣の倫太郎に声をかけようとするのだが、腹に力が入らず、手も伸ばせなかった。下手に動けば一気に腹が下りそうで焦りがつのる。

あおいは岩の下の浜辺に腰を下ろしていた。横座りに海を見つめ、まぶしそうに目をしばたたいている。

波打ち際では寮生の中でもっとも若い小橋照乃進が、相部屋の北原周吾と水のかけ合いをして遊んでいた。入学当初はぎくしゃくして見えた二人だが、今やすっかり仲がよくなった。十四の照乃進と十九の周吾は、歳の差があってかえってうまくいくのか、旗本と御家人という身分の差を越えて友情を深めているらしい。

互いに肩の力が抜けたのだろう。入学当初は寝不足のせいか顔色も悪く、講義の途中に居眠りをすることもあった周吾だが、この頃はそんな失態もない。いい傾向じゃないか——。

と、そんなことでも考えていなければ、涙が出てきそうである。東馬は必死に腹を押さえ、痛みの波が去るのを待った。

「……倫、太郎」

辛うじてそれだけの言葉をしぼり出すと、東馬は横倒しにくずれた。日にあたためられた岩にまともにぶつかり、視界に白い星が飛ぶ。

やっと倫太郎がふり向いた。

「どうした、東馬。変わった昼寝だな」

「……の、わけ——ない……だろう」

昼寝のわけがないだろう。この姿を見てわからぬか。お腹の中で毒づくも、声にはならなかった。

「腹が痛いのか」

「ああ」

「ひどい脂汗をかいているな。どれ」

額にあたたかな感触がきた。倫太郎が東馬の額に掌を当てたのである。それで東馬は自分の身体が冷えているのに気づいた。

「そなた、震えているではないか。ただの腹痛じゃないな。弁当が腐っていたのかも」

きっとそうだと、東馬も思いはじめていた。もとから腹は弱いほうだが、このような切羽詰まった腹痛には覚えがない。

「お前のせいだぞ……」

東馬は声も切れ切れに訴えた。倫太郎は合点がいかぬようだが間違いない。東馬は誤って倫太郎のつくったおむすびを食べたのだ。それも、奴が手を洗う前につくったのを。

腹痛には大波と小波があった。東馬は天と地が逆さまになったような苦痛に転げ回り、ひたすら腹を押さえた。厠へ行こうにもその気力がなく、東馬は岩の上に飯を吐いた。

──これは大変だ。

朦朧とする意識の中で、そればかり思った。

大波が去って小波に揺られている間、東馬は幾度か立ち上がろうと試みた。どうも苦しんでいるのが自分だけではないらしい、と今さらながら気づいたのである。

東馬と同じように腹を抱えて倒れている者がいた。かすむ目で数えてみる。一人、二人、三人……。ああ、駄目だ。また腹痛の波が荒くれてきた。

だが、じっとしてはいられない。

助けにいこう。わたしには皆の無事を守る義務がある。

痛みが治まるたびにそう思い、東馬は立ち上がりかけた。頼りない倫太郎には任せておけぬ。ここはやはり、頭取のわたしが出ていかなければ。

そう思うのに、どうしても身体が言うことをきかなかった。東馬は悔しさに呻いた。

しっかりしろ、頭取ではないか。倒れている暇はないぞ。力の抜けた足腰を腑抜けた手で叩き、東馬は身もだえした。


幾度目かに立ち上がり、倒れている寮生のもとへ駆けつけた気がするのは夢、それとも幻だったのか。

気づけば東馬は心地よい日陰でうずくまり、額の汗をぬぐわれていた。

いい匂いのする手が自分の額に触れている。東馬は薄っすらと瞼を開けた。紺絣の着物とその先の小さな顎が目に入った。

「あおいどの……」

「気がついたんですね」

ほっとしたようにゆるんだ頬に薄い皺が一本走っている。年増にできる皺と違って、十六のあおいが笑ったとき頬にきざまれる皺はかわいかった。

「お腹はまだ痛みますか」

東馬はあおいの顔を見上げてうなずいた。今はだいぶ薄れてきたが、腹痛は消えていなかった。またいずれ大波が来そうな不穏な気配もある。

「そうだ。お水、飲みます？」

あおいは朗らかな声で言い、竹筒の蓋に水をついだ。起きようとした東馬をやんわりと制し、そのままで横になっていてくださいと低い声でささやく。

東馬は岩の上に寝たまま水を飲んだ。うまく飲めずに口の端からこぼれた水が、耳の脇をつたう。

首の後ろに回った水がくすぐったく、東馬は目をつぶって笑った。日陰にいても日差しがまぶしい。輪郭もあざやかな入道雲の広がりを瞼の上に感じる。

ずっとついていてくれたのだろうか。あおいが自分の傍にいたことに、東馬は言い知れない感動を覚えた。

いい娘だ。

東馬はしみじみ思った。吐いた飯粒で顔や着物が汚れていただろうに、厭な顔一つ見せないのだから。

できれば、こういう娘と添いたいものよ。無理とわかっているのにまた思う。わかっている。己は旗本。彼女は町娘。

だが、少し付き合うくらいなら――。

東馬は片目を開けてあおいを見た。別に深い付き合いをしようというのではない。そんなつもりはないのだ。あおいを傷つけようなどという気は決してない。

友としてなら――。

東馬は息をひそめた。ほの暗い日陰にいるのは二人だけだった。手が届くところにあおいがいる。それを意識すると何も言えなくなりそうだ。

あおいどのだって、わたしのことを憎からず思っているかもしれないではないか。そうだろう。だからこうして看病をしてくれているのだ。きっと。

隣の神社で足音がした。近所の者が参拝に来たのだろう。玉砂利を踏みしめる音が間遠に響き、のどかな拍手がそれにつづく。

――言おうか。

好いていると。よかったら友になってくれないかと。それくらいなら言ってもかまわないのではなかろうか。

しばらく沈黙がつづいた。

どうする。どうするのだ。言うなら今だぞ。誰も邪魔が入らぬうちに。東馬は己を叱咤し、勇気づけた。

ふたたび玉砂利を踏む音がする。参拝客が帰っていく。頭の上で海鳥が鳴いた。耳に響く鼓動は海鳥の声より甲高い。

東馬は目をきつくつぶり、静かに三つ数えた。掌の汗を着物の裾でぬぐい、動悸が鎮まるのを待つ。

大きく息を吸って――。

「あお……」

「水島さま!」

東馬の上ずった声に、あおいの呼びかけがかぶさった。ゆったりと草履の音が近づいてくる。

倫太郎が片膝をつき、東馬の顔色を見た。日向と汗の匂いが鼻をかすめる。

「どうだ。少しは落ちついた様子か」

「……」

「なんだ、起きているではないか」

倫太郎がとぼけた調子で言った。

「まあな」

半身を起こした状態でうなずき、東馬は倫太郎から目を逸らした。張りつめていた気持ちがしぼみ、声が沈んだ。地面に横たわって仰向くと、午後の光が目に染みて痛いほどだった。

――また、お前か。

声に出さずにつぶやくと胸に苦いものが広がった。いつだってそうだ。倫太郎が東馬の行く手を阻む。学問でも、釣りでも、あおいのことでも。

まぶしい振りを装い、腕で両目を覆っていると、肩をつつかれた。

「ほら、腹痛に効く薬」

わざと大儀そうに片目を出すと、倫太郎の心配顔があった。掌にいくつもの花の種が載っている。

「蓮の種を乾かしたものなんだよ。浜辺の漁師に頼んでもらってきた」

東馬は倫太郎から薬をもらい、水もなしに飲んだ。

「苦いな」

思わず顔をしかめると、倫太郎が呆れ顔をした。

「当たり前だろう。水もなしに飲む奴があるか。あおいどの――」

「はい、お水」

倫太郎が皆まで言わぬうちに、あおいは竹筒の水を差し出していた。倫太郎がそれを受け取り、東馬に飲ませてくれる。今度はこぼれなかった。

半刻もすると薬の効き目があらわれ、腹痛は治まった。

東馬は岩に腰かけ、わずかに焼けはじめた空を映す波を見ていた。真夏の日差しも峠を越したらしく、日向にいても目がくらむことはない。まばたくごとに色を変える海は、いつまで見ていても飽きそうになかった。

そのくせ何も見ていないような気もする。東馬は海を前に放心していた。こうして座って海を眺めていても、いつ潮が満ちてきたのかもわからない。己の影が位置を変え、長く伸びたことすらほとんど気づいていなかった。

寮生たちは岩場の下の浜辺にいた。

倫太郎は腹をこわした寮生を順に見て回り、薬の効きをたしかめていた。あおいがその後ろについて、病人に水を飲ませてやっている。

――よくやっているではないか。

東馬の心配をよそに、倫太郎は実にしっかり世話役のつとめを果たしていた。東馬が倒れるや、すかさず浜辺で休憩をしていた漁師のもとへ駆けつけ、事情を説明して薬をもらってきたという。

腹痛を起こしたのは東馬も含めて五名。いずれも同じ症状だったようだし、弁当が原因なのは明らかだった。

が、倫太郎のせいではない。

今ならわかる。あれは東馬のせいだ。正気に戻って腹痛の原因に思い至り、血の気が引いた。

（脇によけてある煮卵は使わないでくださいね）

あおいが事前に注意してくれたにもかかわらず、東馬は誤って傷んだ煮玉子をおむすびの具に使った。腹を壊したのはそのせいだろう。倫太郎のことばかり見ていて気がそぞろとなり、東馬はあおいの注意を忘れてしまったのである。

あとで倫太郎に謝らなくては。自分の失敗を棚に上げて、お前のせいだ、などと言ったのだから。

それにしても、二人は仲睦まじそうに見えた。見たくもないのに倫太郎とあおいから目が離せない。

やはりそうか。前からそうではないかと思っていたのだ。

あおいはいつも倫太郎を見ている。

気づいていないわけではなかった。だが、見ない振りをしていた。あおいは物怖じしない娘だが、恋に関しては奥手なのだろう。東馬の知る限り、あおいが倫太郎にそれらしい目配せや、意味ありげな物言いをしたことはない。

ときおり、ちらと倫太郎を目で追うだけ。一瞬だけ。気づかれないように、倫太郎を見るだけだ。何かの拍子に倫太郎が振り向けば、さっと目を伏せる。

いつだって、あおいは倫太郎を見ていた。が、倫太郎は気づかない。もしかしたら、気づかない振りをしているのかもしれないが。

東馬は目をしばたたいた。やや衰えたといっても、海辺の日差しは強い。長い間、ひとところを見ていると目が乾いて痛くなってくる。

痛いといえば、さっきから両頬がひりついてたまらなかった。そっと手の甲で触れると燃えるように熱い。日に焼けたのだ。

「ああ、もう」

これだから厭だと言ったのだ。潮湯治などろくなものではない。夏負けを癒すどころか腹を壊して散々だったではないか。

「お前のせいだぞ」

頬を押さえて毒づくと、倫太郎が振り向いた。笑いながら手を振っている。あおいも一緒になって笑う。

――何だろうな。

あの能天気は。笑っている場合ではないだろう、今日の不始末を古戸李先生にどう説明するつもりだ。腐った弁当を食べて腹を壊したと報告すれば、厳しい叱責を受けるに違いないのに。

反省文かな、いや尻叩きかもしれない。

気難しい古戸李の顔を思い浮かべると憂鬱になった。

東馬はあおいを眺めた。今日一日でさらに黒くなった顔が、こちらを向いている。笑い返せばいいのか、しかめるべきなのか。迷いながらゆるめた頬が、中途半端に固まっている。

――かわいいな。

やっぱり。失恋してもそう思う。

東馬は小さく手を振りかけ、やおら立ち上がった。

「覚えてろ」

両手を口に当てて言った。別にいいのだ。ここから叫んだところで、倫太郎には何も聞こえまい。

「覚えておけ、今に勝ってやるからな」

もう一度叫ぶと、少し胸がすっとした。倫太郎は何も知らない顔で手を振っている。

今度は東馬も振り返した。

「やってられるか……」

笑い顔でつぶやき、東馬はその場に腰を下ろした。

空の彼方がわずかに熟れた色を滲ませている。

天辺にあった日が西へ、白っぽい午後が黄昏に。少しずつ変わっていった。海と空の間に腰を下ろしているからか、ときが移ろいゆくのが見えるようだった。潮の匂いが強くなったのは、日が翳ってきたせいかもしれない。

あ——。

ふと視線をずらして、東馬は見つけた。

岩影に花が咲いている。白い花。小さくて丸い黄色い蕊《しべ》と、輪の形のたっぷりした葉を持つ花。

浜菊である。薄灰色の岩間に純な白。清楚というより無心。ただそこに咲いているだけ、という風情に東馬は見入った。

釣りをしていたとき、倫太郎はこれを目に留めたのだ。

(石に花が咲いておるぞ)

東馬は気づかなかった。苛々と釣り糸ばかりを見ていたせいだろう。

「そうか」

塩辛い風が焼けた頬に痛くて、ひりひりした。

悔しかった。なのに、気持ちはせいせいとしている。

浜菊は無心に立っていた。遅い午後の光がまともに花に射していた。何も考えず、花に見とれた。こんなことは、たぶんはじめてだと思う。

官費で学んでいる寄宿舎の寮生が、海へ遊山に行くなど言語道断。今までの東馬は決めつけていた。

だけど石に花咲くこともある。

腹痛に失恋。散々な遊山だった。

だけど。これが案外あとで楽しい思い出に変わるのかもしれない。

今はそんな予感もしている。

第四話　ひとり猿

「またあったらしいぜ」

「へえ、今度はどこで」

「神田のほうらしい。背中から袈裟《けさ》懸《が》けにばさりとやられたんだとさ」

——と、見てきたように言う。

倫太郎は講堂の庭に寝そべりながら、口の中で茶々を入れた。

夕七つ（午後四時頃）を少しばかり過ぎた、静かな午後である。頭の後ろで両腕を組み、うとうとしかけていた倫太郎は片目を開けた。

昂奮してしゃべっているのは村瀬隼人、相槌を打っているのは古河慎之介だろう。いずれも寄宿舎の寮生で御家人の子弟である。

「どう思う？」

「どうって——。わたしは別に」

「愛想のない返事だな。お前、辻斬りの正体に興味ないのか」

隼人の追及に慎之介は苦笑いを返したようだ。それが気に入らないのか、不満げに鼻を鳴らす音が聞こえる。

二人は近頃巷《ちまた》を騒がせている辻斬りの噂をしているのだった。晩夏に一人、秋口にも一人。町人が出会い頭に斬られたという。その件なら、倫太郎も瓦版で読んで知っていた。

ここのところ、寄宿舎でもその噂がひそかにささやかれている。一太刀で命を奪うと評判の辻斬りに、寮生たちは暗い魅力を感じているようだった。

人斬りの話をしている割に彼らの声が呑気なのは、どこか仕方話の中の事件のように感じているせいだろう。無理もない。幕臣とはいえ、寮生は学者の卵。剣より書物という者ばかり。

おまけに日頃は寄宿舎と講堂の往復のみで、ほとんど学問所の外にも出ない。平坦な日々に降ってわいた辻斬り話は、ちょっとしたお祭のようなものだ。学問所の外で辻斬りが起きていると聞いても、所詮自分とは無縁のよそごとと思っているから無責任に騒げる。

むろん倫太郎もその仲間。武家といっても実家は名主、腰の二本はほとんど飾りと化しており、抜こうと思ったこともない。

だから辻斬りの噂も右から左へ聞き流していた。

――起きるか。

こう騒がしくては居眠りもしていられない。倫太郎は上体を起こし、大欠伸をした。

息を吸うと鼻の奥が冷たい。長かった残暑が遠のき、ここ数日でひと足跳びに秋が深まったような気がする。

空の高さと風の味でそれがわかる。空は昨日よりもさらに色が澄み、雲も姿をあらわすのを遠慮するほど冴え渡っている。

すぐ近くに倫太郎がいるというのに、隼人と慎之介の二人は気づいていない様子だった。倫太郎が寝そべっている辺りに秋桜が咲き群れており、ちょうど目隠しになっているせいか。さらに言うなら、試験のあとの開放感で浮かれているせいかもしれない。

今日は午後の講義で小試験があった。春と秋の年二回行われる大試験の結果を踏まえて、階梯の異動が行われてはじめての試験だった。

階梯には『素読』『復習』『初学』『諸会業』『詩文』の五つがあるが、学問吟味を受ける資格があるのは『諸会業』。だから『初学』にいる者は『諸会業』に進めるよう、大試験で発奮する。

今回の大試験で『諸会業』に進んだのは、寮生のうちから二名。昨年の春に『諸会業』へ進級した倫太郎や頭取の東馬に混じり、今秋から隼人と慎之介が加わることになった。

二人にとって、これが新しい階梯に進んではじめての試験だったことになる。

今頃になって講堂から出てきたとすれば、二人とも制限時刻のしまいまで粘っていたのに違いない。倫太郎は早々に答案を提出し、ここで休んでいたのだが。

——そろそろ行くかな。

倫太郎は腰を上げた。戯作者の高坂秀斎の家へ伺う約束をしてあるのだ。行くのが遅くなっては原稿を見ていただく余裕がなくなるし、帰りも遅くなる。寄宿舎の刻限は暮六つと決まっていた。

寄宿舎にもどって夜なべで直した文書を袂に入れ、部屋を出たところで東馬に会った。

覗かれるわけでもないのに、それとなく袂を後ろに隠した。戯作者のもとへ通っていることは誰にも話していないのである。

「どこへ行く」

「神田上水のほうへ、散策になど」

「ほお……。さすが首席さまは余裕がある。川原へ散策か」

東馬は変に絡んだ物言いをした。

「ふん、さては今日の試験がうまくゆかなかったのだろう。大丈夫、次はいい点が取れるよ」

いつものように当てずっぽうで言うと、東馬は小鼻を膨らませた。

「失敬な。お前こそ、わたしに負けて泣きっ面をかくなよ」

むきになって頬に血を昇らせたところを見ると、倫太郎の読みは当たったらしい。

——天の邪鬼め。

口では強がりを言うくせに、顔には感情がそのままあらわれるものだから、東馬の本音は聞かずともわかる。

「散策に行くのは勝手だが、せいぜい気をつけろよ。先に神田で辻斬りが出たらしいじゃないか」

「そうかい」

「お前は怠け者だから、剣のほうは不得手だろう。ぼんやり歩いていると危ないぞ、後ろからこう——」

東馬は袈裟懸けに剣を振り下ろす真似をした。

ふむ。ずいぶんと足の速い噂だ。堅物の東馬の耳にまで入っている。

倫太郎は妙なところで感心した。学問吟味を一心に目指している東馬は、寮生がよそごとに気持ちを取られるのをひどく嫌う。寮生は学問にのみ集中すべし、というのである。

普段の東馬なら、寮生の口から「辻斬り」と出た時点でこめかみに青筋を立てているところだろう。

そんな優等生の東馬が気にかけているくらいだ、せいぜい気をつけようと倫太郎は思った。

不審な人影に気づいたのは、水道橋が手前に見えてきたときだった。

倫太郎は秀斎の家からもどってくる途中だった。今日もこれといった手応えがなく、消沈して帰途についていた。

少し前を行く己の影までしおたれて見えるほどに、倫太郎は落ち込んでいた。

今度こそ、秀斎に愛想をつかされたのだと思う。不出来で叱られるならともかく、何も言ってもらえなかった。自分でも今一つだと承知していただけに、秀斎の無視がひどく堪えた。

やはり自分は戯作者には向いていないのかもしれない。不出来な原稿に敢えて赤を入れないことで、秀斎はそれを倫太郎に示しているのかもしれない。

しだいに暗んでゆく空の色に染められるように、倫太郎の胸のうちも沈んでいった。学問所に入った年に弟子入りして、これが三度目の秋。十日に一度は秀斎のもとへ通っているのに、倫太郎はまだ一作も戯作を書き上げていなかった。

子どもの頃、思うがままに父や母に聞かせていたような話がちっとも頭に浮かんでこない。

師の秀斎に倣って滑稽味あふれる話をつくっているつもりなのだが、さっぱり受けないのである。これは、と思った話を持っていっても秀斎が笑ったためしはなかった。いつでも陰気そのものの顔をして、「駄目」とひと言。原稿をつき返されて終わりである。

そのくり返しで早三年。石の上にも三年というが、いい加減、自分でも才のなさを痛感するようになった。

学才を戯作のほうに回せたら、などと不埒にも思う。学問ならば、倫太郎の精進は結果にそのままつながる。次席の東馬が悔しがるのも必定、倫太郎は入学以来ずっと首席を譲ったことがなかった。

なのに、戯作ではその才気が活かせない。これが倫太郎には自分のことながら解せなかった。

「そろそろ潮時かな――」

思わずひとりごちた倫太郎の声に、橋の向こうの黒い影がぎくりと肩を波打たせた。それにつられて、倫太郎も足を止めた。

先に水戸殿のお屋敷が控えている閑静な界隈である。早くも暮れかけてきた通りに行き交う人の影はなく、倫太郎は自分の足音を供に歩いていた。秀斎のことで頭を一杯にしていたから、辺りにはほとんど注意を払っていなかった。それで橋の先に人がいるのにも気づかなかった。

――おや。

何だろう、病人か。倫太郎は薄暗がりに目を凝らした。よく見ると、人影は二つあった。一人は棒立ちしており、もう一人は地面に膝をついている。

「もし、そこの方……」

だが倫太郎が声をかけた途端、立っていた人影は身を翻して逃げた。追いかけようとしたが、影はあっという間に土手に消えた。

振り向くと、座り込んでいる人が倒れていた。倫太郎はあわてて駆けつけ、肩を揺すった。

「どうしたのです、大丈夫ですか」

倒れているのは老人だった。気を失っているらしい。ざっと見た限り無傷だった。

倫太郎がまっさきにその人の傷の有無をたしかめたのは、逃げ去った人影が刀を手にしていたせいである。

間違いなく抜刀していた。神田上水を背にして立っていた人影が川面の残照を浴び、手元がきらりと光ったのを倫太郎は見ている。あれは刀の光だった。

おのずと学問所で耳にした噂がよみがえった。

辻斬りか――。

倫太郎は老人の頬を軽く叩きながら、逃げていった男の顔を思い出そうとした。駆け出す寸前、辻斬りは弾かれたように振り返っている。そのときに、ぼんやりとだが顔が見えた。

小柄な男だった。若くはない。倒れている老人と似たような年回りかもしれない。走っていく背は線が細かった。

幾度か頬を叩くうちに、老人は目を覚ました。

「あれ――」

不安そうに目を泳がせて倫太郎を見上げる。自分の身に何が起こったのか、判然としていないふうだ。

「お怪我はありませんか」

「……」

老人は幽霊でも見るような顔をしている。あまりに驚いたせいか大きなしゃっくりをし、それが呼び水となったのか、ひどく咳き込んでいる。

「大丈夫ですか。声は出ますか。どこか痛いところがあるなら、医者に診せたほうがいい。お送りしますよ」

「……」

「それとも、まずはお家の人に知らせますか」

倫太郎の声が聞こえているものかどうか、老人は咳が止んでも呆然と目を見開くばかりだった。よほど怖い思いをしたせいで、一時的に口が利けなくなっているのかもしれない。

それとも倫太郎を辻斬りの仲間と思っているのか。

「立てますか」

倫太郎は老人が怯えないよう、なるべくやさしい声を出した。怪我はしていないらしいので、医者につれていくより家に送っていったほうがいいだろう。刻限を過ぎるがやむを得まい。そういう事情なら、お役人も叱ったりしないはずだ。

ところが。

「……しおって」

何と言ったのだろう。

老人は消え入りそうな声でつぶやくと、自分の力で起き上がった。不審な色もあらわに倫太郎をねめつけ、黙って立ち去ろうとする。

呆気にとられつつ、倫太郎は老人の背に声をかけた。

「送っていきますよ」

「いや結構。一人で帰れる」

それだけだった。老人は礼を言うどころか、倫太郎を振り向きもしなかった。貧弱な肩をすぼめ、頼りない足取りで歩いていった。

追いかけようか――、倫太郎は逡巡した。このまま見捨てるのは不親切というものだと思う。しかし、その一歩が出ない。老人はきっぱりと倫太郎を拒絶したのである。老人は何の説明もなしに去っていった。まるで逃げるようだった。

そういえば名前も聞かなかった、と気づいたのは老人の姿が黄昏に溶けて見えなくなってからだった。

倫太郎は首をひねり、その場をあとにした。急げば刻限に間に合う。

妙な辻斬りだと、倫太郎は走りながら思った。なぜあの老人は辻斬りに座り込んでいたのだろう。まるで斬ってくれ、と言わんばかりではないか。

考えたが、もっともらしい事情は浮かばなかった。まあいい、今のことは頭の隅にしまっておこう。面倒ごとに関わりたくないのは倫太郎も一緒だ。

それにしても。

あの辻斬り、どこかで見たような気がする。

花梨の梢にとまっていた鳥が急に飛んだ。湿った風が重たいのか、空を斜めに横切るように羽ばたいていく。

――降りそうだな。

慎之介は鳥の去った空を見上げ、胸のうちで溜息をついた。さっきから繰り返し、窓の外ばかり眺めている。

今日は朝から雨が落ちてきそうな空模様で、講義の途中からそればかり気になっていた。夜までもってくれまいかと願っていたのだが、あの鳥の様子では難しいだろう。講堂の青い窓枠に切り取られた空は、今にも涙をこぼしそうだ。雲は低いところにあった。重たげな雲は、講堂の庭の花梨の木にかぶさっているように見えた。いつ空が泣き出してもおかしくなかった。

雨に降られないようなら、今日辺り家に顔を出そうと思っていたのだが、この分では日を延ばすことになりそうだ。今日が駄目なら明日。ともかく一両日中に様子を見にいかなくてはならない。

病で寝ている父親の具合があまりよくないと、妹が文で報せてきたのだ。慎之介の住んでいた組屋敷は、学問所から走って小半刻もあればつく。

しかし、結局は雨とは別の理由で家に戻るのはあきらめた。御儒者の話が長引き、講義が延長となったのである。

御儒者が講堂を出るや否や、慎之介は寄宿舎に戻った。袴を脱ぎ、普段用の古い片貝木綿に着替えて部屋を飛び出す。

いつもより寄宿舎を出る時刻が遅くなり、気が急いていた。家へ戻るどころか、走っていかなければ仕事にも間に合わない。

慎之介は草履を鳴らし、埃を蹴散らしながら道を急いだ。学問所のすぐ近所にある八百源の前で案の定、あおいが心配顔で佇んでいた。

「申し訳ない、講義が終わるのが遅れてしまいました」

「いいんですよ。あたしもちょうど、学問所から戻ったとこ」

あおいは屈託ない調子で言い、既に配達の準備をととのえてある手押し車を差し出した。

慎之介は目を伏せて、あおいに頭を下げた。ちょうど戻ったところ、というのは嘘だろう。彼女はいつもより遅れている慎之介のために、前もって配達の用意をしてくれたのだ。

「行ってまいります」

恐縮して礼を言えば、あおいは決まり悪がるに違いない。慎之介は今一度、軽く頭を下げて手押し車の前に立った。

いつものように伏し目がちに、慎之介は八百源を出発した。今日の配達は五軒、駆け足で回ろう。急ぎ足で行けば雨に降られずにすむかもしれない。

あおいの店で配達の仕事をするようになったのは、学問所に入った年の夏である。世話役の倫太郎を介して紹介してもらった。一日で三十文の小さな仕事だが、学問と両立できるのだからありがたい。

あおいの家は店売りの八百屋だが、それと並行していくつかの料理屋や旅籠へ野菜を配達している。学問所も得意先の一つ。八百源は店売りより、むしろ配達仕事で食べている店だった。

数年前に病で主を亡くして以来、しばらくはあおいの母親が配達をしていたようだ。しかし太り気味の彼女は半年もしないうちに腰を痛め、手押し車を押せなくなった。それで娘のあおいが母親の代わりをつとめるようになったのだが、十六の彼女は小柄で痩せており、母親の倍も配達に手間がかかる。

それで慎之介に仕事が回ってきたのだ。慎之介も男としては小柄だが、あおいよりは力がある。学問所への配達はあおいが引き受けてくれているが、そのほかの得意先へは慎之介が行く。

手押し車は重いが、身体の鍛錬になると思えばいい。学問を究めるには体力が要るのだし、一石二鳥。倫太郎のおかげで実にいい仕事につけた。

一軒目の配達先は水道橋を渡った先の料理屋。慎之介は腰を沈め、西日の明るい橋へと道を曲がった。

荷の重さに歯を食いしばり、顎を出したところへ声がかかった。

「お猿ではないか」

手押し車の柄をつかむ手がびくつく。

「そんな格好で何をしている」

聞こえなかった振りで立ち去ろうとしたのだが、声の主に背を叩かれ、後ろを向かないわけにいかなくなった。

立っていたのは寄宿舎の一年先輩の斉藤主水である。洒落た利休鼠の江戸小紋を着ている。そういえば、この近くに親戚の邸があるという話だから、遊びに行ってきた帰りなのかもしれない。

「驚いたな。やっぱり、お猿だ」

袴をつけたままの主水は、洗い立てのような顎をつるりとなでた。そして慎之介の頭の上から爪先まで舐めるように見る。いつものことながら、粗末ななりを検分したのだ。

――知っていて声をかけただろうに。

「何をしておる」

主水はにやにやしながら訊いてきた。

「これは八百源の手押し車だろう」

「……」

「小遣い稼ぎか」

「先を急ぎますので。失礼します」

　慎之介は一方的に告げ、手押し車を押した。主水の視線が背に突き刺さって気分が悪かったが、相手をしている暇はない。雨の落ちてこないうちに配達をすませ、学問所に戻らねばならないのだ。

　よりによって嫌な男に会った。何が「小遣い稼ぎか」だ。慎之介が答えられないのを承知で言うのだから意地が悪い。前から感じていたことだが、主水は慎之介をよく思っていないようである。

　新入生として入寮した年、慎之介は主水の入浴相手だった。

　寄宿舎では寮生がお目見え以上、お目見え以下の子弟が二人一組になって入浴する決まりがある。慎之介は一年間、主水の背を流す三助の役をつとめた。

　それ自体は何ともなかったが、主水に「お猿」と渾名をつけられたのは厭だった。主水は三助をしていた慎之介の顔や尻を見て、猿を連想したという。男にしては皮膚の薄い慎之介は、湯につかるとすぐに肌が赤くなるのだ。

　今や主水ばかりかほかの上級生まで、慎之介を猿、猿と呼ぶ。たわいのない冗談と思うことにしているが、その渾名にはどうも底意があるような気がしてならない。

　たぶん慎之介が下級生の分際で、『諸会業』に昇級したのが気に食わないのだろう。主水は去年、今年と二度つづけて大試験に落第している。上級生の中でも『諸会業』

に進んでいる者は稀だ。要するに、官費で修学させていただいているにもかかわらず、それでも金に困って手押し車を押しているような貧乏御家人の倅が、旗本の己を差し置き、高い階梯へ昇ったのが腹立たしいのだろう。

きっと主水は学問所に戻ったら仲間に言いふらすに違いない。お猿の奴が真っ赤になって野菜を運んでいたと。

考えると憂鬱になるが、気にしてもしょうがない。慎之介は気を取り直し、腰に力を入れるついでに大きく息を吐いた。拗ねている暇はない。卑屈な気持ちなど、この場へ捨てていくに限る。

(身の丈を知ることだ)

ふと父親の声が頭の中で聞こえた。

(さすれば己の進むべき道が見えてこよう)

文より剣を尊ぶ父の古河慎一郎は、今でも息子が学問所の寄宿生になったのを快く思っていない。

貧しい御家人の倅が御儒者になろうなど、己の分をわきまえぬ、行き過ぎた野心だというのである。事実、母のとりなしがなければ、慎之介は学問の夢を絶たねばならなかったろう。

昨年労咳で逝った母は父と違い、慎之介が学問をするのをよろこんでくれていた。

（御儒者になりたいとは立派な志ですね。生涯をかけて精進なさい）

暮らしの貧しさが不思議と顔に出ない人で、死の間際まできれいだった。母がいたから慎之介は今ここにいられる。

頑として入寮の願書を出してくれなかった父を、母が説得してくれたのだ。その母は慎之介が寄宿生になるのを見届けてすぐ、安心したようにこの世を去った。

――身の丈を知ること。

慎之介は胸のうちでつぶやいた。さすれば己に恵まれた幸が見えてこよう。

落ち込んだときに己を励ます呪文だった。父に言われたせりふの後半を変えて、いつも胸にしまっている。

身の丈を知り、己の幸を知る。

三十名いる寮生のうち、己はもっとも幸せな男だと慎之介は承知していた。

寄宿舎に入るまで、慎之介の頭は日々の費えのことで一杯だった。家は代々平侍で兄弟が三人。父もふくめて五人の口を糊するため、慎之介は朝から晩まで内職に追われていた。

学問をしたくとも余裕がない。金も暇も。慎之介は己の希望と現実のはざまで、鬱々と若い身を焦がしていた。

御儒者の立花古戸李には、感謝してもしきれないほどだ。せいぜい月に一度か二度、御座敷講義に顔を出すのがやっとの慎之介に、寄宿舎へ入りなさいと勧めてくれたのは古戸李だった。めったに講義に出ない割に、疑義の多い慎之介を目にかけてくれていたらしい。

朝から晩まで官費で学び、学問吟味に通れば御儒者への道も拓けるという。夢のような境遇ではないか。自分が手にした幸運を思うと、いつでも胸は歓喜にあふれた。学問ができるなら、上級生に意地悪されるくらい何でもない。

慎之介は早足で橋を渡った。雨はもうすぐそこまできているのだ。空はまだ沈黙を守っていたが、風はもう雨の匂いがしている。

雲が泣き出す寸前だと、沈んだ空も言っていた。

雨はひっきりなしに屋根を叩いている。

倫太郎は文机の前でぼんやり頬杖をついていた。時雨にしてはおとなしい降りで、雨戸は閉てていなかった。

文机には越後の実父から届いた手紙がある。

(収穫を終えたら、遊山がてら夫婦で江戸へ参る)

短い文だが、あちらこちらへ跳ねている筆致に父の胸の弾みがあらわれていた。江戸へ来たなら、倫太郎に江戸の名所を案内させる気でいるのだろう。息子が江戸で暮らしているのだ、はじめての旅でも不安はあるまい。

田舎で父母がどんな話をしているか、離れていても想像がつく。

（お父さん、江戸へつれていってくださいよ）

（何だ、急に）

（だって、倫太郎が案内してくれるとすれば今のうちでしょう。年が明けたら大切な試験があるっていうし。受かれば受かったで、もうわたしたちの相手をしている暇はないでしょうよ。御儒者さまになるんだから）

（うむ。そうか）

二人の間では、すっかり倫太郎が御儒者になるものとして話を進めているに違いない。江戸の養父母もよろこんで邸に二人を泊めてくれるだろう。何しろ遠い越後から義理の息子の両親が出てくるのだ、間違っても旅籠になど泊まらせないはずだ。

そうしたなりゆきが、倫太郎には手に取るように見えていた。おそらく実の両親、義理の両親の四人をつれて浅草や日本橋を回ることになる。歌舞伎や浄瑠璃を見せてやり、名の知れた土産物屋にも案内せねばなるまい。

ひょっとしたら、それだけではすまずに四人の親を学問所へつれてこなければならないかもしれない。きっと誰かが言い出すはず、お世話になっている先生方に挨拶をしなければ、と。

「勘弁してくれよ」

倫太郎は悲鳴を上げて、頭を抱えた。四人の親たちの期待が己の肩にのっていると思うと、気楽に息もできやしない。

――これでは、とても打ち明けられないよ。

戯作者になる修行をしているなどと。そんなことを言ったなら、実父は卒倒してしまう。田舎で神童と呼ばれていた倅をどうにか出世させてやりたいと、父はずいぶん奔走したのだ。

実父だけではない。実母も、養父母も倫太郎の行く末には期待している。その期待を裏切っている罪を思うと気が重かった。

「おや」

窓の外を人影が横切っていった。南寄宿舎にある倫太郎の部屋は、玄関へ通じる道に面している。誰かが通るとすぐにわかった。

慎之介である。あおいの店の配達を終えて戻ってきたのだ。慎之介は雨に打たれ、着物を濡らしていた。配達の途中で雨に降られたのだろう。

あのままでは風邪を引く。慎之介は着替えを持っていないのだ。講義を受けるためのよそ行きと羽織袴、それに普段用の木綿。慎之介の着物は二枚きり。

幾度も水をくぐったであろう着物は、お目見え以下の御家人寮生の中でもひときわ貧しい。あの木綿を汚せば、明日は配達に着ていくものがないだろう。

手拭いを貸してやろうか。倫太郎は文机の前に差しかかった慎之介に片手を挙げた。

当然ふり向くと思っていた慎之介は、それを無視して走り去った。

——あれ。

下を向いていて見えなかったのか。

怪訝に思いつつ、倫太郎は立ち上がった。慎之介が戻ってきたなら夕餉の時刻だ。

手拭いはそのときに渡してやろう。

その日の夕刻、また辻斬り事件が起きた。水道橋のふもとで老人が斬られたという。

下手人は見つかっていないが、後ろ姿を見た者があったらしい。

ずいぶんと痩せた、小柄な男だったそうである。


「それでは、そなたは何も聞いていないのか」

御儒者の立花古戸李は言った。

「はい——」

「そうか。だが、このままではまずいな」

古戸李は外を眺めながら、顎を撫でた。

午後の講義のあとに呼び出され、倫太郎は古戸李の御役宅にいた。下女が茶と菓子を給仕していったが手つかずのままだ。

問題は、倫太郎自身のことではなかった。古戸李は寮生の古河慎之介の受講態度が気になっている様子だった。真面目一徹だった慎之介が、この頃どうもおかしいのである。誰より熱心なはずの男が、講義中も上の空なのだ。教本を読む目には力がなく、ときには刻限を破ることもある。明らかに、以前とは違っている。

二人いる寮生の代表のうち倫太郎が呼ばれたのは、同じ御家人の子弟という理由だろう。倫太郎と慎之介は共に二十歳と同い年で、寮生の中では親しいほうである。

慎之介の様子がおかしいのは、倫太郎も気づいていた。

——あの日からだ。

目に見えて慎之介の態度が変わったのは。

慎之介が雨に打たれて帰ってきたあの日、倫太郎は夕餉の席で手拭いを差し出した。

「早く拭かないと風邪を引くぞ」

「かたじけない。すぐに洗って返す」

慎之介は手拭いを受け取りながらも、倫太郎の目を見ようとしなかった。

膳の間は人の目があるからと、夜になってから部屋を訪ねてみても、慎之介は口を割らなかった。いつもは人懐こい顔で迎えてくれる慎之介が、おさらいをしたいから、と戸口で倫太郎を追い返したのだ。

たしかに、元から自分のことをあまり話さない男ではある。悩みや心配はあくまで私事、自分で解決すべしと考える性質なのだろう。

それで倫太郎も、その場はおとなしく引き下がったのだ。うるさく詮索してはかえって慎之介の心を閉ざすだけ、いずれ時機を見て、あらためて声をかけようと考えていた。

「事情を知らないのなら、策も立てようがないが。このままではまずい」

「すると――」

倫太郎は相槌を打ちかけて、一瞬言葉をにごした。古戸李は暗い表情をしていた。

「もしや退学とか」

「今のところ、まだそうした声は出ておらぬ。が、古河の態度があらたまらないようなら、いずれそういう話も出てこよう」

寄宿舎の入寮期限は基本的に一年。問題がなければさらに一年延長されるが、その逆も当然ある。つまり、素行に問題ありと見なされれば、期限の中途でも退学を命じられる。これは「寮生心得」にも記載されていた。

ただでさえ、慎之介は学問の傍ら仕事をしている。古戸李は別にしても、御儒者の中にはそれを寮生にふさわしからぬ行為と糾弾する声もあるという。

「猶予をください」

倫太郎は古戸李に申し出た。

「わたしが慎之介の行状を監視いたします。何かしら事情があるなら、それを突き止め解決に導きましょう」

「ふむ。それで」

「ですから、慎之介を退学にするのは今しばらく待っていただけませぬか。わたしに免じて」

真剣に言ったつもりが、古戸李は目を伏せて小さく笑った。

「相変わらず調子のいいことを」

「先生……」

「自分に免じて、とはよう言った。居眠り常習のそなたが古河に説教するというのも、実に笑止千万」

痛いところを突かれ、倫太郎はうなだれた。が、呼び出したのは古戸李のほうだ。世話役らしい働きをせよ、というのでないのなら、ほかにどうしろというのだ。

「よろしい。そなたが責任を持って古河の行状を監視するというのなら、退学の件はわたしがとりなしておく」

「ありがとうございます」

倫太郎は低頭した。

「ところで、そなたのほうからも礼を言っておいてくれるか」

「はい？」

「越後の父御から米を頂戴した」

古戸李は毎晩ありがたくいただいておるよ、と破顔した。茶を入れ替えにきた下女までが、本当においしいお米で、と追従の笑みを向ける。

寝耳に水の倫太郎は、ほうほうのていで古戸李の御役宅から逃げ帰った。

――ああ驚いた。

聞けば、倫太郎の実家から米が贈られてきたのは、今回がはじめてではないという。毎年、新米の時期になると父の文つきで学問所宛てに届くのだそうだ。まるで知らなかった。

だったら一言伝えてくれればいいものを。何も教えてくれない父が恨めしかった。二十歳にもなって、実家から学問所に付け届けをされていたとは情けない。ひょっとして、これまでの不良を大目に見てもらえたのもそのせいか。

世話役を仰せつかっていることもあり、倫太郎は自分では大人になった気でいた。御儒者になるも、戯作者になるも自分次第、行く末は己の考えで決める、もう子どもではないのだから、とそう思っていた。

しかし、どうも親の認識は違うらしい。

自分はまだ半人前なのだ。少なくとも、親が学問所に米を贈っているとも思い至らないほどには。行く末は自分で決める、などと粋がっていた自分に冷や汗が出た。

それはともかく。

「慎之介の問題をどうにかしてやらないと」

倫太郎は歩きながらつぶやいた。

何も聞いていない、と古戸李には言ったが、実は気にかかっていることがあるのだ。あの日の辻斬り。老人を斬りそこね、逃げていった小柄な侍。遠目に見たその顔がどうしても頭から離れない。

黄昏の薄膜に覆われていた侍の顔を思い返すと、倫太郎の胸はあやしく騒いだ。口許がもっさりとして鼻の下が長い、小さな顔は慎之介に似ていたのである。まさか、とは思う。あれは老人だった。

慎之介のはずはない。

けれど——。倫太郎が辻斬りを見かけた水道橋の辺りは、慎之介が配達でよく行き来する界隈なのである。毎日通う道なら土地鑑もあるだろう。

ふと誰かに見られている気がして足を止めた。足指の先に長い影。白々とした光が湿った道に伸びている。

米粒のような形の月が秋空に貼りついていた。

倫太郎はかぶりを振り、足早に寄宿舎へ戻った。

寄宿舎を出るとき、窓越しに倫太郎から声をかけられた。

「どこへ行く。配達か」

「はい」

虚をつかれて一瞬まごついたものの、慎之介は愛想よく答えた。が、声はそうでも表情は暗いままだったのかもしれない。

「疲れた顔をしておるじゃないか。よかったら、わたしが今日は代わろうか」

「いえ、とんでもない。そんな……」

「遠慮しなくてもいいぞ」

倫太郎はまたも言う。

「本当に大丈夫です」

あわてふためいた調子になったのにうろたえ、首筋に血が昇った。

「それじゃ――」

赤くなっているに違いない顔をそむけるようにして、倫太郎の前から逃げた。窓の向こうで何か言っているのが聞こえたが、振り向かずに小走りで行く。

黙々と歩いて門をくぐり、水道橋が見えてきた辺りでようやく顔を上げた。暮れなずむ町を川風を浴びながら、人々が忙しなげに行き交っていた。黄昏どきが近いせいか、すれ違う人の顔が寂しそうに翳っている。

歩くうち宵の色が濃くなっていた。武家町を抜け、せせこましい町屋がならぶ界隈に差しかかっていた。

表店は半分ほど閉まっている。この辺りには縄暖簾があまりない。ちょっとした端切れや家財道具を商う店は、日が落ちると早々に暖簾をしまうのだ。

慎之介は横道に入り、暗がりに目を凝らした。裏店の路地はひっそりと沈んでいた。ここに住む人々は表店の住人より早く夕餉をすませ、灯りのいる時刻には寝てしまう。戸障子の奥に行燈の灯りが見える家はなかった。

一番星はまだ出ていない。夕さりの名残がわずかに低い軒を照らしている。焦げたような風が鼻先をくすぐり、夜が迫ってくる。

慎之介はどぶ板の蓋を踏まないよう、気をつけて狭い路地を歩いた。両側を裏店にはさまれつつ、目も耳も並行して走る表の道に向いている。

少し前を老侍が歩いていた。ほとんど足音を立てていない。背骨が浮いて見えるような身体つきが、侍の病状の重さを語っていた。が、足音は乱れていない。

三間先に痩せた老侍が一人。細くなった髷を頭の天辺にのせて歩いている。

道の先は暗くつぶれていた。

倫太郎は息をひそめ、草履を脱いで二人の侍を見守っていた。いつのまにか昇った月が、透いた細い光を降らせている。後ろを歩いている侍がやおら足を止め、鯉口に手をかけた。刀を引き出すときの、ひんやりした音が、三間後ろまで響く。

大刀を抜くと、侍は正眼の姿勢で瞑目した。そう見えたのである。わずかに伏せた頭は祈りを捧げているように見えた。

やがて侍は頭を上げ、静かに足を滑らせていった。こちらもあとを追う。侍の先にはもうひとりの侍。

こちらは歳をとっている。自分が狙われているとも知らぬふうに、痩せて丸まった背をさらして歩いている。

倫太郎は無我夢中で駆けた。裸足の裏に小石がいくつも刺さったのはわかったが、痛みを感じている余裕はなかった。

駄目だ、駄目だ。頭の中はそればかりだった。ひょっとしたら叫んでいたかもしれない。まさに袈裟懸けで斬りつけようとしていた侍が、振り返って絶句した。

「危ないじゃないか」

侍の背にすがりつき、倫太郎は言った。

「こんな往来で刀を振り回すなよ。辻斬りかと思うじゃないか。なあ、慎之介」

「……」

慎之介は目を怒らせ、まだ刀をかまえていた。

「辻斬りではないよな」

答えない慎之介を相手に、倫太郎は必死に言いつのった。

「そうとは思えないよ。辻斬りをするにしたって相手を選ぶものだ。大店の主とか。高利貸しとかな。あの人は見るからに貧しそうじゃないか」

慎之介はまばたきも忘れたようだった。それこそ敵を見る目で倫太郎をねめつけている。

否定してほしかった。何でうなずいてくれないのだろう。慎之介はどうして刀など抜いているのだ。

「あの人を斬ったところでいくらも手に入らないぞ。それだったら、野菜を配達したほうが早い。なあ――」

「慎之介」

気づけば老人が目の前に立っていた。どこも斬られていないはずなのに、傷がしくしくと痛むような顔をしている。

「慎之介――」

老人は今一度、自分を斬ろうとした男の名を呼んだ。

小柄な老侍だった。間延びしたような長い顔を仰向け、自分よりやや上背のある、けれどやはり小柄な青年侍を見上げている。

「父上」

倫太郎は慎之介の呼びかけを聞いて、ぎょっとした。が、同時に腑に落ちた。よく似た二人から少し間を空け、通りの端に立つ。そうか、と思った。慎之介が斬ろうとしたのは父親だったたか。

たしかによく似た父子だった。あと三十年もすれば、慎之介はこういう風貌になるのだろう。親猿と小猿。ふいに思ってしまった。その渾名を慎之介が嫌っているのは知っているから、口にするつもりはないが。

倫太郎が疑ったのも無理からぬことだった。

あの日、水道橋の前で見かけた辻斬りは、慎之介の父親だったのである。

病の末期にいるのだろう、父の声はほとんど出なくなっていた。

慎之介は何度も父が話すのを止めようと思った。苦しげな表情を浮かべていないのが不思議なほど、父の声はかすれていた。話している途中でいつ倒れてもおかしくないと思った。

組屋敷の粗末な居間に倫太郎を招じ入れ、父は妙子に白湯を運ばせた。茶を出そうにも、この家では何年も前から茶を飲む習慣がない。

倫太郎は少し前に水道橋前で、父とよく似た辻斬りの男を目にしたと言った。その数日後にまた同じ場所で老人が斬られたが、それもあなたさまの仕業かと訊いた。

「そうですか、あのときのお方はあなたでしたか」

長い沈黙のあとに、父はあっさりと辻斬りを認めた。

先の老人に夏の終わりの一件と、秋口の一件も父の仕業だった。同じ医者のもとへ通う患者仲間を父は斬った。

その医者は労咳の患者ばかり扱っていた。何のことはない、医者自身も労咳にかかっているのである。労咳は人に嫌がられる病だ。特効薬もないし、迂闊に近寄れば人に移る。病にかかったら最後、したい咳も堪えて人に知られないようにしなければならない。

同じ悩みを抱える病人同士、医者のところで顔を合わせれば挨拶くらいは交わす。死病にかかれば身分の垣根などなくなる。侍の父が町人と親しい言葉を交わしたとしても不思議はなかった。

彼らは父に頼んだという。どうぞ斬ってください、と。家族揃って頭を下げにきたそうだ。

（このまま病人を生かしていたら、今の家に住めなくなります。労咳はすぐに噂にな

る。引っ越そうにも、出ていく先もない。どうぞ斬ってください。人助けと思って。お金なら出します。後生ですから）

もっとも切実に訴えたのは、病人自身だったという。

（いっそひと思いに死なせてください。自分が生きていると家の者が苦しむのです）

貧乏の味を知っている慎之介にも、病人の言いたいことはわかる。同じ立場に置かれれば、きっと同じ懇願をしただろう。

が、辻斬りは罪だ。父がそれを了承するとどうなるか、少しは考えてくれてもよかったのではないかと、慎之介は思った。

父も父だ。

金が足りないなら、言ってくれればよかったのだ。辻斬りになど手を染める前に、なぜひと言相談してくれなかったのだ。

もっとも、それだけ金に困っていたのだろう。慎之介の届ける金では、医者代までは賄えなかったということか。ふと慎之介は思った。ならば、一人で死んでくれればよかったのだ。辻斬りに身を落とすくらいなら、死んでもらったほうがましだ。

慎之介が父らしい辻斬りの姿を見かけたのは、配達の途中だった。

水道橋で斉藤主水と出くわし、途中で雨に降られたあの日。あおいの店に手押し車を戻して、学問所へ帰る途中だった。

表通りを駆けていたら、横道に見慣れた後ろ姿を見つけた。おや、と思って立ち止まり、慎之介は目を凝らした。やや左に傾いだ細い肩と、半白の小さな頭。思い違いではなかった。病で寝ているはずの父が横道に立っていた。

すぐに声をかけられなかったのは、父の様子が尋常でなかったせいである。薄い背には殺気がただよっていた。父は抜刀していた。

父の前をいかにも貧しげな老人が歩いていた。病んでいるのが遠目にも明らかだった。老人は数歩行っては足を止め、難儀そうな息をついていた。

父はいきなり無言で老人を斬った。背中から一太刀。老人は悲鳴も上げず、横倒しに崩れた。が、父もよろけた。刀の重みに腕をとられたのだ。

あまりの驚きに言葉を失い、慎之介は父が後ろを向くより先に逃げ出した。自分の見たものが信じられず、頭が混乱していた。

なぜ父が辻斬りをしたのかわからなかった。ともかく、その場から逃げた。

慎之介は学問所の手前まで黙々と歩き、ふいに立ち止まった。

何とかしなければ、と思った。

父はかつて剣の遣い手だったが、今は労咳に冒された病人。あんなことをつづけていては、いずれ捕まるに違いない。無抵抗の老人を斬るのにも足をふらつかせ、刀の重みによろけるくらいだ、いつ失敗するかわかったものではない。逃げ足だって遅いに決まっている。

「どうか内分にしていただけませぬか」

父の声に、慎之介は目を上げた。

「拙者のためではない。倅のためです」

父は倫太郎に訴えていた。

「辻斬りをしていたのは拙者、倅は何もしておりませぬ」

「……」

倫太郎は黙って父の顔を眺めていた。何を考えているのか、淡々とした表情からは腹の底が読めない。

「この通り、お頼み申す」

父はささくれた畳に額をつけた。

「今日の一件が知れれば、倅は学問所を辞めることになりましょう。苦学をしている倅です。それだけは勘弁していただきたい」

「言いませんよ」

やがて倫太郎は言った。

「誰にも話しません。約束します」

父は顔を上げなかった。畳に額をつけたままだった。息子のような年回りの若者を相手に、父は土下座までして慎之介がこの先も学問所の寄宿生でいられるよう、頼みつづけていた。

わけがわからない。そんな真似をするくらいなら、なぜ辻斬りなどした。

「止めてください」

慎之介は土下座する父の前に、にじり寄った。

「父上は恥ずかしくないのですか」

それでも父は頭を上げなかった。その卑屈な姿を見たら、かっとした。頭の芯が熱く痺れた。

「どういうつもりでなさったのです。相手は町人ですよ。しかも背中から一太刀とは、武士の風上にも置けない。卑怯です」

父に対して声を荒らげるのは、これがはじめてだった。やっと取り寄せた入寮の願書を目の前で破られたときも、慎之介は黙って耐えたのだ。

「答えてください。なぜ辻斬りをしたのです。わたしが運ぶ金では足りなかったのですか。金欲しさに、あの町人を斬ったのですか。武士が金に目が眩むとは、情けないとは思いませぬか」

「慎之介」

倫太郎が、父に噛みつく慎之介の袖を引いた。貧乏は恥ではないが、父が辻斬りをしたことは恥だ。それを学友に知られたことが悔しかった。慎之介は倫太郎の手を振り払い、さらに言った。

「いったい何に使ったのです。ええ？　その汚い金をどうしたのです。医者代ですか。薬をもらう金が欲しくて、町人を斬ったのですか。父上はそうまでして生きたいのですか」

「お前には関係ない」

父はやおら顔を上げ、にべもなく返した。

「関係ないはずないでしょう。わたしは子なのですよ」

「不服なら、廃嫡してもかまわぬ」

「つまらない言い訳はなさらないでください」

「ともかく、お前には関係のないことだ。忘れよ」

「関係ないわけないでしょう――」

声が裏返るのが自分でもわかった。これまでの精進がすべて泡と消えたようで、慎之介は泣きたくなった。膝の上で固めた拳がぶるぶる震えた。爪が食い込み、掌から血がにじんだ。悔しかった。父の無分別な振る舞いが、自分の将来を潰すと思うと、途方もなく腹立たしかった。

「それほどわたしが憎いのですか」

冷静になろうと思えば思うほど、声が出なくなった。そういう自分が不甲斐なく、みじめだった。

「わたしがどれだけ精進してきたと思っているのです。やっと『諸会業』に昇れたのですよ。ようやく学問吟味を受ける資格を手に入れたところなのです」

それなのに、こともあろうに実父が辻斬りを働いていた。

父の所業が知れたら、もう学問所にはいられまい。ようやく寄宿生になれたのに。講義を受けていても、夕刻の野菜運びをしていても頭の中はそのことで一杯だった。それでつい誤配をし、寮の刻限に遅れるようになった。部屋に戻っても何も手につかない。本当に、学問どころではなかった。

学問所に残るには、父を始末するしかない。慎之介がそう決めたのは数日前のことである。

泣きごとを言う息子が腹立たしいのか、父は口を開こうともしなかった。頑として頭を上げようとしない。慎之介の目には、それが逃げの姿勢に映った。いかにも病人らしい弱々しい身体をして、黙って頭を垂れていれば、それで済むとでも思っているのだろうか。

その姿が憎らしく、慎之介は父を糾弾したい気持ちを堪えられなくなった。生きているうちに、どうしても詫びを言わせてやりたい。

「わたしが学問所の寮生になったのが、そんなに気に障りますか。学者になりたいというのが、そんなに分をわきまえぬことですか。なぜ、わたしの足を引っ張るのです。医者に払う金が欲しさに辻斬りなど――みっともない。わたしは父上の子でいるのが恥ずかしい」

親へ文句を言うのには慣れていない。

しまいには、呂律が回らなくなった。あれも言おう、これも言おうと、これまで胸に溜めていた不満がぐずぐずに渦を巻いて喉に絡み、うまく言葉にならなかった。

お猿、お猿と呼ばれてきた屈辱が胸をよぎると、さらに頭が熱くなり、気がつくと、畳を拳で殴っていた。

わたしが何をしたというのだ、貧乏御家人の倅が自分を追い越し、学問吟味を受けるのが、そんなに憎いか。今まで受け流してきたはずの悔しさが胸に戻って、堪らなくなった。慎之介は袖で目を覆い、肩を波立たせてしゃくりあげた。

「すまぬ」

父が身を起こし、慎之介の肩を叩いた。死にかけている父のあたたかい掌が悲しかった。今はこんなにあたたかくても、父はじきに死ぬ。そのことが、はっきりとわかった。

倫太郎と二人で肩をならべて歩いていても、話すことはなかった。刻限には既に遅れている。役人への言い訳を考えなければならないが、頭がまるで働かない。倫太郎のことは仲間だと思っていた。だからこそ、言い訳をしたくなかった。慎之介は自分のために、父を辻斬りの下手人にはしたくなかったのである。保身から父を殺そうとした。

噂通りのやり方で父を殺せば、人は辻斬りにやられたと見るだろう。父は被害者となる。さすれば、誰も父が真の下手人とは思うまい。慎之介はそう考えたのだ。卑怯でみっともないのは自分だった。

「お世話になりました」

二年近く暮らしたというのに、慎之介の荷物は呆気ないほど少なかった。首に括りつけてある風呂敷包み一つ。それが慎之介の荷物のすべてだった。

雨が降りはじめた。最初はまばらだった雨音が次第に強くなってきた。枯れ色の道を暗い色の粒が穿ってゆく。

「どうしたのです、そんな辛気くさい顔をして」

破れ傘を差した慎之介が笑っている。

辻斬りの件は誰にも言わないと誓ったのに、慎之介は学問所を辞めるという。家を継ぎ、妹と弟の世話をするのだそうだ。

父御は亡くなった。あれからすぐに組屋敷で腹を召したのである。

倫太郎は言った。

「まぶしいんだよ。新品の着物がつやつやと光ってるから」

「そうでしょう」

「お前には立派過ぎる」

「そんなことはありません。これまでが貧相だっただけで。もう猿なんて気軽に呼ばないでください。お猿さま、と呼んでいただきます」

おどけた口調で返し、慎之介は目を伏せて笑った。

昨日、学問所に染め上がったばかりの青い小紋が届いた。亡くなった父御が倅のために用意した一張羅。慎之介の父はこれを誂えるために、辻斬りを引き受けたのだった。

月に一度、生活費を運んでくる慎之介のなりがあまりに貧しいのを、父御は見かねていたのだろう。旗本の子弟と一緒に修学する息子にみじめな思いをさせているのが切なかったのだ。

言い訳にはなるまい。たとえ斬られる者が望んだことであろうと。残される身内の者が納得していようと。

今になってわかる。倫太郎が助け起こした老人が残した言葉。

(邪魔しおって)

老人はそう言ったのだ。だから覚悟を決め、おとなしく座っていたのだ。老人はたしかに慎之介の父に斬られることを望んでいた。

雨降りの朝空の下で、おろしたての着物がほの明るく浮かんでいた。はじめて袖を通したのが学問所を辞去する日の朝とは、皮肉な結末である。慎之介の父御の気持ちは報われなかった。

沈鬱な気持ちを胸の底にしまい、倫太郎は小さく笑った。

「達者でな」

「厭だな、今生の別れのような挨拶をしないでください」

笑い返さなくていいのだ。慎之介の朗らかさが悲しかった。

「いずれまた、戻ってまいります。学問への道はあきらめません」

「そうか」

雨が本降りになってきた。さっきまでただよっていた埃くさい匂いが流され、急に慎之介が遠くなる。

「行きます」

「ああ」

慎之介が暗い雨の糸の向こうで破顔した。ゆがんだ口から白い息が立ち昇る。寒い朝だった。しかし慎之介の顔は湯上りのようだ。目も赤い。

笑っているつもりなのだろう。またここへ戻ってくる、と精一杯の強がりで自分を励ましているのだろう。

雨が強まり、傘から落ちた水が倫太郎の顔や肩にかかった。だから大丈夫。頬が濡れているのはわたしも一緒だ。

「達者でな」

「はい」

最後は声が小さくなったけれど、それも雨のせいかもしれない。慎之介は学問所の前で深く腰を折った。踵を返し、雨の中を駆けていった。

その日の夜、東馬の背を流しながら窓を見上げた。

雨はまだ降っている。

――あきらめないと言ったが。

もう慎之介が御儒者を目指すことはないだろう。父を斬ろうとした自分を許せず、学問の道から退くに違いない。

寄宿舎から一人、寮生が去った。気さくな赤い顔。倫太郎は群れから離れる猿を思った。

「ひとり猿か」

「ん？　何か言ったか」

「いや、別に。ひとり言だよ」

倫太郎は東馬の背を流す手に力を込めた。口を閉じると雨音が強くなる。湿り気で視界がにじみ、湯の音は遠くなった。

細く空いた窓に雨が映る。

いつか、あの気さくな猿にまた会いたい。

第五話　うそうそどき

朝は陰鬱な呪文ではじまる。

逃げられないぞ、と聞こえた。

え、と思って立ち止まると、また。逃げられないぞ。

どこに声の主がいるとも知れない、湿っぽいつぶやきだった。声は天から降りそそいでくるようでもあり、底から湧き上がってくるようでもあり。

助けてくれ――。

基樹は思うように動かぬ手足を必死でさばいて走った。逃げられないぞ、逃げられないぞ。後ろから声が追いかけてくる。

焦っていた。泥まみれの道を懸命に走り、逃げていた。しかし泣きたいくらい足が重く、気をゆるめると転びそうになる。逃げられないぞ。暗い声が間近に迫ってきた。

もうあかん。つかまる――、叫んだ瞬間ふいに目覚めた。

泥まみれの道は消え、代わりにいつもの部屋があらわれた。しんとした狭い一室。煤けた天井と冷え冷えとした砂壁に囲まれ、基樹は布団にくるまっていた。

「何や……」

夢か。安堵の息をつき、低い声のもれてくる壁を睨む。

南無妙法蓮華経南無妙。南無妙法蓮華経南無妙。南無妙法蓮華経南無妙……。

逃げられないぞ、の悪夢の原因がこれだ。隣室のつぶやきである。

「勘弁してほしいわ、ほんま」

朝早くから辛気くさいお題目を聞かされるせいで、基樹はここのところ毎晩のように悪夢を見る。

大坂の景気のいい呉服問屋の次男坊として、お蚕ぐるみで育てられた基樹は寄宿舎の薄い壁にまだ慣れない。いい気分で寝ているところへ、暗い声が聞こえてくるなど大坂にいた頃は考えたこともなかった。

本当に勘弁してもらいたい。

今日は死んだ丁稚に追いかけられる夢を見た。低く長く連綿と繰り返される題目の調子に頭を刺激されたものか、ひどく怖い夢だった。昨日は子どもの頃に飼っていた犬に吠えられた。一昨日は祖父の前に正座して小言を聞き、その前日は何だったろう。覚えていないが、怖い夢だったのはたしかだ。

要するに、悪夢つづきなのである。寝ていながらうなされて、これでは身体にいいはずがなかった。

抗議のつもりで咳払いをすると、一瞬だけ題目が止む。だがそれもいっとき。やれやれ、と息をついた途端に、ふたたび壁から声がもれてきた。

それにしても。いつ寝ているのだろう。

昨夜、基樹は隣室のお題目を子守唄に眠り、今朝はそれで目を覚ました。隣室の男は朝も夜もお題目を唱えているのである。

隣は基樹と同じく御家人の倅、本橋孝之助。寮生の中でも一際体格のいい馬のような男だ。学問吟味を目指すより、剣客として生きたほうがええのに、と他人事ながら思う。

――ご苦労さん。

基樹は孝之助に形ばかり手を合わせ、布団の上に腹這いになった。

ひどく寒い朝だ。雨戸の向こうで風が鳴っている。火の気なしではとても着替えられそうになく、基樹は布団から腕を伸ばして火鉢の灰を掻いた。腕がしびれるのを我慢しつつ、しばらく掻いているうちに残り火が燃え立ち、部屋がじんわりあたたまってくる。

孝之助も朝の支度にとりかかったらしく、ようやく静かになった。怪しげなお題目の代わりに火のはぜる音が部屋を満たす。

「極楽や」

ひとりごち、布団を首まで引っ張った。年が明けてからというもの、ずっと隣室の呪文に悩まされていたせいで、しっかり眠った気がしなかった。今のうちに二度寝をしておこう。どうせ今日の晩も寝つけないのだ。

ところが。

孝之助が黙ったと思ったら、今度は反対隣の壁から泣き声がもれてきた。身も世もないといったむせび泣きである。たまらなくなって耳を塞ぐと、まるでそれを見透かしたように泣き声が高くなる。

「ああ、もう」

基樹は舌打ちをして布団から這い出た。どいつもこいつも。なぜわたしを寝かせてくれないのだろう。

一応、七畳一間の一人部屋を与えられているとはいえ、この寄宿舎は長屋同然。関係ないと放ってはおけない。隣で誰かが泣いていれば、気づいた者がなぐさめに顔を出さねばならないのである。

「おい、どうした」

うんざりして顔を出すと、部屋の主が泣き濡れた目を向けた。

「塩見どの……」

そうつぶやいたきり、あとは声にならない。佐久間信三は涙どころか洟《はな》まで垂らし、文机の前で途方に暮れていた。

来月、三年に一度の学問吟味が行われる。

階梯でいえば『諸会業』にいる者が受ける試験である。これで優秀な成績を収めれば昇進の道が拓かれることもあり、寮生のほとんどがこの試験合格を目標に据えている。

立身が約束されているだけに、学問吟味の試験はきびしい。五日間にもわたり四書五経や歴史、論文の試験が行われる。隣のお題目も、反対隣の泣き声も、学問吟味を控えた緊張からくる過剰反応であった。

落第したらどうしよう。そう思うと、居ても立ってもいられないのだ。

まったく迷惑だ、と同じく学問吟味を控えた基樹は思う。そんなに心配なら、落ちないための策を練ればええのに。

「朝からそんなに泣くことはないだろう。ほら、これでも食べて元気を出せ」

袂に入れてきた羊羹を差し出してなぐさめると、信三は唇をへの字に結んだ。

「いけません。朝餉の前に菓子など食べるわけには――」

「なに、ほんのひと口だけだ。朝餉の邪魔にはならぬ」

頑固に口をつぐむ信三の手に羊羹をにぎらせ、基樹は雨戸を開けた。窓際につけてある文机にはやりかけの書経。紙を節約するためか、芥子粒のような字で書いてある。

中途から文字がにじんでいるのは、不安にかられて泣き出したものか。

信三が学問吟味に挑戦するのは二回目だという。それなのに今でもこうして書経をしているようでは話にならない。

要領が悪いのだろう、だから受からないのだ。基樹など、とうに過去の寮生の合格弁書を手に入れている。少し目鼻の利く者なら、いくらでもそうした横道に気づくもの。

もっとも、貧しい御家人の倅の信三には、過去の合格弁書をまとめた写本など欲しくても買えないのかもしれない。修学に関するすべてを官費で賄う寮生の中には金のない者が多くいる。

養子に入った塩見家も然り。実家の援助がなかったら、とても合格弁書集など買えなかったと思う。要するに。世の中、金なのである。

基樹は障子も開け、きりりと冷たい風を入れた。

「とにかく着替えたらどうだ」

閉めきった暗い部屋で膝を抱えてうずくまっているから、頭の中まで沈む羽目になるのだ。

着替えもせず、寝巻き姿でふるえていた信三が、いきなり前置きなしのくしゃみをした。涙と洟が辺りに飛び散る。むろん基樹の着物にも。

——何すんのや。

たまらんな。これは絹やぞ。あんたの着てはる木綿とは違うんやから、気いつけてほしいわ。

胸のうちで毒づきつつ、基樹は手拭いをさがし信三の洟を拭いてやった。

「騙されたと思ってひと口食べなさい。甘い菓子は気のとがりを鎮める薬ゆえ」

今度は信三も素直にしたがい羊羹をほおばった。咀嚼しながら目を細め、甘い菓子を堪能している。まさに、さっき泣いた烏《からす》だ。

これで武家というのだから——。あほらしくて、やってられんわ。


朝のうちは晴れていた空が、昼を境に曇り出した。

まだ日暮れには早いというのに低い空が雪暮れている。草履の下の土は硬く乾き、何の匂いもない。お天道様は厚い雲に隠れているが、平べったい白い月がぼんやり暗い空に浮かんでいた。

基樹は足踏みをして、かじかんだ指先をあたためた。空はすでに暮れ色で、立っているだけで草履裏から冷えてくる。

やがて小さな足音がして、若い人影が見えた。

「先生——」

基樹は作事小屋の前から一歩踏み出し、役人長屋へ戻ってきた教授方出役の石山兵梧を捕まえた。

「ちょっとよろしいですか」

「なんだ、疑義があるのかね」

うなずくと、兵梧は意外そうに目を見開いた。威厳のある声を出そうとつとめてはいるものの、そうした表情は二十六の実年齢より幼い。

「そなたが疑義を申すなど、めずらしいな。雪が降らぬといいが」

兵梧は基樹を役人長屋へ招じ入れ、気さくに茶と菓子を振る舞ってくれた。旗本の子で、乳母つきで育っただろうに茶の淹れ方も堂に入っている。十六から十八まで寮に入っていたというから、そのときに生活のあれこれを覚えたのだろう。

「冷めないうちに飲みなさい」

「はい。いただきます」

しばらく黙って茶を飲み、干菓子を食べた。

——何や、これ。甘過ぎるわ。

基樹は胸のうちで愚痴を言った。うちのおっかさんだったら、こんなのしまいまで食べきらん。大坂の母なら、下衆な味や、とか文句つけて、その辺にほかしてしまうところだ。

ひと口食べて気に入らず、大甘な干菓子を持て余していると、ふいに兵梧が基樹の手元に目を留めた。

「どうした。江戸の菓子は口に合わぬか」

「いいえ、そんなことはありません。おいしいです」

即座に愛想笑いを返し、薄い茶で口をすすぐ。菓子のほうも今一つなら、茶も茶である。安物の葉を使っているのか、ぼんやりとした味で香りもない。

「江戸の菓子は味が上品ですね」

心にもないせりふだが、兵梧は気づかないだろう。大坂商人の倅の基樹はお世辞と愛嬌には自信がある。商人の出にしては口の重いほうだが、それがゆえにおっとりと柔和に映る得な性分だ。

「こちらの水になじんだのでしょうか、最近では舌も江戸風の好みに傾いてまいりました」

「ほう、そうか」

生まれてこのかた二十二年、基樹は乳母日傘で育ってきた。身分こそ商人で低いが、目の前にいる兵梧より暮らしは豊かだったと思う。

それにしても寒い部屋だ。火鉢があるのに、どうして使わないのだろう。見れば、兵梧の手にはしもやけがあった。

いくら教授方出役が御儒者の下寮で、弟子扱いとはいえ、まさか御儒者の家の洗濯を引き受けているわけではあるまい。

——ふうん。

下女も置かず倹約しているのか。兵梧の家が札差に大きな借金を抱えているという噂は、どうも本物らしい。着物も袖口がほころびている。いいものには違いないが、だいぶ年季が入っているようだ。

基樹は袂にそっと手を入れた。中には袱紗《ふくさ》につつんだ小判が二枚入っている。まずは手付けに、と思って用意してきた。

受けとらせることができるか。否か。基樹は茶のお代わりを淹れている兵梧の挙手挙動を観察した。

(ええか、金を出す折りを誤ったらあかんで)

父の基衛門の声が頭によぎり、かすかにうなずく。わかっている、ここで下手を打つのがまずいことくらい。

「先生、いい着物をお召しになっていらっしゃいますね」

基樹は慎重に話の切り口をさがした。兵梧は意外だというように首を傾げ、胸や袖の辺りを撫でてみせた。

「いや、もう古くてどうしようもない。あちこちすり切れておる」

「そんなのは繕《つくろ》えばいい話ですよ。いいものだから長く着られるのです。安物だと、一度水にくぐらせればおしまいになります。いい着物はその点、寿命が長い。大切に着れば孫子の代まで引き継いでゆけますから」

「そういえば、そなたの実家は呉服問屋だったたな」

兵梧は納得したように言った。

「はい。義父のところへ養子に入って二年になります」

「武家の暮らしには慣れたか」

「どうでしょう。わたしは不器用な性質なのか、いまだに半分くらいは呉服屋の倅の気持ちが残っております」

実際その通りだった。基樹は武家より大店の倅でいるほうがいい。外出するにもいちいち許可をとり、暮れ六つ前には帰ってくるといった生活で満足できるような男には生まれついていないのである。

「大坂の親も、養子に出した倅のことが気にかかるのでしょう。父がよく文を寄こします。文だけならともかく、食べ物だ何だと送ってまいりまして……。いや、子離れできぬ父でお恥ずかしい」

「親というのはそういうものだろう」

「そのようです」

ありきたりな言葉を返す兵梧の親は、しかし、息子に札差への借金を背負わせているという。

だからこそ、基樹は賄賂を渡す相手として兵梧を選んだのである。噂によれば、兵梧の家はつぶれかけているらしい。最初はいい顔で迎えていた札差には門前払いされ、利息もろくに払えぬ借金は、たちの悪い高利貸しへ回される寸前だそうな。

つまり、兵梧が袖口をかがる暇もないのも道理。若い俊才として行く末を嘱望されている教授方出役の頭の中は、とうてい返せそうにない借金のことで一杯なのだろう。

そのまま、基樹はしばらく沈黙した。

兵梧と同じように、基樹の心も鬱屈していた。

大坂に戻りたい。というより、商人に戻りたい。武家ぞろいの寮生たちは皆一様に固くて、どうにも付き合いにくかった。

旗本の子弟は身分を笠に着て威張っているし、御家人の子弟は卑屈に過ぎる。帰りたいわ、ほんま。帰れへんけどな。そんなんしたら、おとっつぁんが頭から湯気出して怒りはるわ。

父は武家との縁戚関係を金で買ったのである。金に困っている武家をさがして基樹を差し出し、養子縁組を結んだことで、自分まで士農工商の頂点に立った気になっている。基樹にしてみれば愚の骨頂と思うのだけれど。

「どうした。急に静かになって」

「ふと思い出してしまいまして。田舎の父と母や、兄のことを」

「そうか」

「兵梧先生は、わたしの兄に似ておられるのです」

基樹は目を細め、なつかしそうな表情をつくって兵梧を見た。

「先生はおいくつですか」

二十六と知っていて訊く。

「わたしか？　年が明けて二十六になったが」

そこで基樹は手を叩いた。

「うちの兄と一緒です！　奇遇だな、まさか歳まで同じとは思わなかった」

育ちのよさゆえだろう、兵梧は基樹が些細なことに浮かれても、厭な顔を見せなかった。実家の兄と学問所の講師が似ているとよろこぶ基樹を、黙って見ている。

――いけるか？

今のところ悪くない感触だと思う。基樹は兵梧の表情やしぐさを注意深く眺め、少しも自分を煙たがる気配のないのをたしかめた。

「そうだ先生。よろしければ明日、うちの実父にお目にかかっていただけませんか」

無邪気を装ったまま持ちかけても、兵梧の様子は変わらなかった。

「大坂の父御に？　こちらへ来ておられるのか」

「はい。こちらに暖簾分けをした店がございまして、その様子を見に……と表向きには申しておりますが、ま、わたしに会いにきたのだと思います」

如才なく説明し、一気に話を先に進める。

「いかがでしょう。会うといっても刻限もありますし、この近くで団子を食べるくらいですが。父も先生のご尊顔を拝見したら大よろこびするでしょうね、実に兄とよく似ていらっしゃるから。このお方が教えてくださっているなら、と安心するかもしれない」

勝手な言い草で恐縮ですが、とまとめて話を切り、基樹は兵梧の顔を見た。

「ふむ……」

兵梧は腕を組んだ。それに倣《なら》い、基樹も腕組みをした。渡せずじまいの小判が袂をかすかに引っ張っている。兵梧が腕を組み替えると、基樹も腕を組み替える。人の気持ちを自分のほうへ引き寄せるには相手のしぐさを真似ること。実父の教えであった。

——どうや。

迷っているなら望みはある。あと少し押せば、こちらへなびくかもしれない。

基樹は強いてそれ以上は勧めず、兵梧の返事を待った。ここが肝心。急《せ》くな急《せ》くな。

相手は堅物のお役人。ぽっちりでも邪心を覗かせては、すべて台なしになる。

そのまま沈黙がつづき、基樹は居心地が悪くなった。さすがに今日の今日、つれ出せるとは思っていないが、それにしても思案が長過ぎる。

「まあ、次の機会にしておこう」

やがて腕組みをほどいた兵梧は言った。

「それより、疑義があるのではないか」

駄目か――。

内心で嘆息しながら、基樹は用意してきた疑義を口にした。いきなり明日というのは少し性急過ぎたのかもしれない。父はしばらく江戸にいる。その間にどうにかつれ出せるといいのだが。

兵梧が疑義に答えてくれている間、基樹は空しさを胸に押し戻すのに苦労した。熱心に相槌を打ちながらも、つい顔から力が抜けそうになる。

「――というわけだ」

「……」

「わかったかい」

念押しされてはっとした。やや醒めた兵梧と目が合い、まばたきする。

「上の空だな」

「いいえ、まさか」

「人に疑義を申し立てておきながら、話に退屈するなど失敬ではないか」

「申し訳ありません。そんなつもりはなかったのですが――」

殊勝な声を出したが、兵梧の醒めた目は変わらなかった。もとから寒い部屋がますます冷えてきたようだ。

「わたしも忙しいのだ。疑義がないなら引き取ってもらいたい」

「……」

「聞こえなかったのか」

「あの――」

何が気に障ったのだろう。さっきまでのなごやかな雰囲気は雲散し、兵梧の態度が一変してしまった。

「出ていきたまえ」

「……」

基樹は困り果てて下を向いた。出ていけ、と言われても素直に応じるわけにはいかなかった。まだ前置きしか話していないのである。本筋はこれから。ここで引き下がれば次はない。

「そなたも父御と団子など食べている暇はないだろう。学問吟味は来月、あとひと月ないぞ」

兵梧が背を向ける気配があった。出ていくしかなさそうだ。基樹は悄然《しょうぜん》として腰を上げた。

袂が軽くなったような気がしたが、ともかく早く退出することにした。賄賂の件はあらためて機会を待とう。兵梧の言うとおり、学問吟味まであとひと月あるのだから。

上がり框で冷たい草履に足を入れる。

――まいったな。

何と言おう。明日会う約束になっている実父の小言を想像し、憂鬱になった。

振り返り、基樹は慇懃に頭を下げた。

「それでは失礼いたします」

伏せた顔をわずかにしかめ、溜息を土間に逃がす。

ふん。俊才や何やいう割に、血のめぐりは鈍いやないか。人がせっかくええ話持ちかけてんのに、わからんのやないか。どうせ学問一辺倒で、世間のことなど何も知らんのやろ。

深々と腰を折りつつ、基樹はお腹の中で思いつくかぎりの悪口を浴びせた。気持ちは晴れないが、せめてもの意趣返しである。

「待ちたまえ」

「はい？」

顔を上げると、兵梧が背中で基樹を制し、指で紫色のつつみを示した。

「忘れ物だ」

さも忌まわしげに言う。

あ、と思って袂をさぐり、基樹は己の失態に気づいた。なるほど袂が軽いはずである。

兵梧の指の先には袱紗があった。これで腑に落ちた。

「不埒《ふらち》な考えは起こさぬことだ」

いつ落としたのだろう、そうだ、あのときだ。

腕を組んだ兵梧を真似た、あのときに落としたのだ。間違いない。


「ほんに、お前は昔から脇が甘うて……」

翌日、湯島の甘味処の奥座敷で待っていた実父に一部始終を話したときの、最初の言葉がこれだった。

「はあ、すみません」

「すみませんですむ話か、こら」

父は目を血走らせて、うつむいた基樹の頭を張った。

「だから言うたやないか、折りを誤ったらあかんで、て。それをお前。なして見誤るんや、え？　わかるように説明せんかい」

父は狭い奥座敷で、立ったり座ったりをくり返していた。基樹から賄賂を渡しそびれたと聞かされ、心底がっくりきているのだ。

裸一貫で呉服屋をつくった父は、己の勝負強さを誇りにしている。

何しろ自分の力で店を出し、人に名を知られるまでに大きく育てた男である。金で買えんものはない、が信条で、基一、基樹の二人の兄弟は幼い時分からそればかり叩きこまれてきた。

実際、父は妻も金で買ったのである。苦しい時代を支えてくれた糟糠の妻を捨て、天満小町と評判だった娘を後妻にもらった。

最初の妻の実家は小さな商いをしていたのだが、人に騙されたとかで困窮していたのだ。父は大枚をはたいて店を救う代わりに小町娘を娶った。それが基樹を生んだ母である。兄の基一は前妻の息子。

父は学問吟味の合格を金で買おうとしているのだ。お役人を金で買収せよ、と。

「怒られた、ってそんなわけあるか。金が欲しくない者などおるはずないわ。相手の家は火の車いう話やなかったんか」

「そのはずですが……」

「だったら、何でその旗本、賄賂を受けとらんのや」

苛立たしげに吐き捨て、父は汁粉を啜《すす》った。そして、何や冷めてるやないか、と舌打ちし、小女を呼んで新しいのを持ってくるように言う。

「お前に任したんが間違いやったわ」

父は貧乏揺すりをしながら、さかんに舌打ちをした。汁粉を口に運びかけ、あかんこれは冷たいんやったと横を向く。

基樹は父の剣幕に押され、じっとうなだれていた。ここで言い訳をしようものなら、あの汁粉が椀ごと飛んでくるのは間違いない。

たしかに、あそこで袱紗を落としたのは失態だった。何の言い逃れもできない誤りである。

――せやけど。

兵梧の憤りぶりから察するに、仮にあのとき失態を見せなかったとしても、賄賂の手は通用しなかった気がする。父には言えないが、基樹の感触としてはそうだ。武士は食わねど高楊枝というが、兵梧はその典型なのかもしれない。

「まあいい、今回のところは堪忍したるわ。でも、次は失敗したらあかんぞ。二度もしくじる奴はただの阿保やからな」

「え」

次、とは。

「どうせこんなことになると思ってな、はなから次善策を用意してあるんや」

父はいたずらを企《たくら》む子どものような顔をして言った。

「おい――」

上体をひねって襖越しに人を呼ぶ。

誰だろう。基樹は黙って襖を眺めた。父がつれてくる相手に興味はなかった。どうせ父と同年輩の商人があらわれるのだろう、甘いところのある基樹にいっぱしの商人の心得を諭そうとしているのだろう、その程度の心構えでいた。

冷めた汁粉の椀を持ち、ひと口頬張ったところで襖が開いた。

「坊ちゃん、お久しぶりでございます」

少しかすれた女の声に目だけ上げると、紅をつけた女が笑っていた。

「……」

汁粉を飲みかけた手が中途で止まる。

「どうだ基樹。たまげたやろ」

驚いた。うなずくのも忘れ、基樹は女に見入った。

襖の向こうからあらわれたのは、ちえみだった。

「いやだ坊ちゃん。そんなに、じろじろ見やはって……」

「ああ、すまない」

「わたし、変わりました？」

「そうだね。見違えた」

動揺からか、基樹は他人行儀な返事をした。

その日はさして話もせず、汁粉を飲んで店を出た。

基樹には寄宿舎の刻限があるのだ。具体的な相談は、また日をあらためてすることとなった。

「金が駄目なら女や」

別れ際、父は聞こえよがしにささやいた。

ちえみは異議を唱えず微笑をたたえている。露骨な父の言葉に顔をしかめることもない。

基樹は横目でちえみの顔を盗み見た。尖《とが》った顎と右頬に浮かぶえくぼに、子どもの頃の面影があった。が、重なるのはせいぜいそれくらいだ。

たしかに器量よしの娘ではあったが、これほどきれいになったとは。

昔は黒かったはずの肌も色が抜け、頬の赤味も膨らみもとれたようだ。すっきりと背が伸び、もう立派な大人の女子である。

基樹の視線を感じたのか、ちえみは目を細めて応じた。その色香に、店の前を行き過ぎる男たちが振り返っていく。

——へえ。

父がつれてきただけのことはあった。ちえみを使えるのなら、次はうまくいくかもしれない。


次に汁粉屋の奥座敷を予約したのは、数日のちのこと。

積もった雪が重たくて、基樹は傘を下向きにして振った。

「おや」

傘を外した先に見知った顔があった。寮で世話役をしている水島倫太郎が、道の向こうから歩いてくる。散策だろうか。とりたてて急ぐ様子もなく、基樹がいるのにも気づいていないふうだった。

雪が降りしきる中、倫太郎は手ぶらで歩いていた。傘も差さず、白いものを髷や肩に積もらせているのが遠目にも目立っている。

「水島さま」

倫太郎が近づいてくるのを待って、基樹は声をかけた。

「学問所へ帰られるのですか」

「——なんだ、塩見どのか。誰かと思った」

夢から醒めたような顔でまばたき、倫太郎は気の抜けた声で答えた。それからゆっくり、いつもの剽悍な顔にもどる。

「どうなさったのです、傘をお持ちになっていないのですか」

基樹は倫太郎に傘を差し出した。どうやら雪が降っているのにも気づかず上の空で歩いてきたらしく、倫太郎は雪まみれだった。

「よろしければ、どうぞ。わたしはすぐそこの汁粉屋へ入るところですから」

だから遠慮は無用だというつもりで言ったのに、倫太郎は傘を受け取らなかった。

「なに、寄宿舎もすぐそこだ」

倫太郎は別に気を回したわけでもない調子で傘をことわり、悠々と去っていった。髷と肩に雪を乗せたまま。

――変わった男やな。

何となしに見送りながら、基樹は首を傾げた。傘がないなら店の軒下を歩けばいいのだ。せっかくの紬が濡れてしまうだろうに。

聞いたところによると、倫太郎の実家は越後の名主なのだそうだ。目の詰んだ紬は実家にいた頃に誂えたものだろう。今の彼は基樹と同じく御家人の倅で、絹物を着る余裕はないはずだった。

「まあ、ええわ」

傘は不要だというのだから。

それより先を急がなくては。汁粉屋でちえみが待っている。

「ひょっとして……」

と、基樹はふたたび倫太郎を見返った。

倫太郎もまた、自分のような裏工作をしている最中なのではないだろうか。基樹に声をかけられたのが気まずく、傘を拒んで去った、とか。

倫太郎は基樹に行き先も訊ねなかった。考えてみればそれもおかしい。寄宿舎では外出の際に頭取および世話役に相談する決まりとなっている。門の外で基樹と会ったなら、彼はその役割上、どこへ行くのか訊かなくてはならない。

基樹の甘味好きは寮でも知られているし、汁粉屋へ向かうところを見られても別に困らないが、倫太郎はどうだったのだろう。あるいは答えられない先に出かけていたのかもしれない。

「何や」

寄宿舎一の秀才と思っていたが、同じ穴の狢《むじな》か。基樹は勝手に決めつけた。

「まあ、な」

それは前から疑っていた。倫太郎は寄宿舎にいるお武家の優等生たちと型が違う。貧しい御家人のもとへ養子に入ったのなら当然、学問吟味を目指して然るべきなのに、そうした色気もなさそうだ。

『諸会業』に昇ったから、とりあえず受けとこうか。そんなふうに見える。もしかすると、基樹と一緒でこのまま武家として生きていくことへのためらいがあるのかもしれない。倫太郎は入寮して三年目というし、いい加減堅苦しい武家のしきたりに嫌気が差しているのだろう。

汁粉屋へ入ると、ちえみが待っていた。

「よう」

「お先にいただいてました」

ちえみは汁粉の椀を置き、懐紙で唇を押さえた。淡い銀鼠の地に梅柄の飛び小紋。それに献上博多の帯を締めている。

「外はえらい雪やで」

「ええ、わたしが宿を出たときには、もう降ってましたさかいに」

父は既に大坂へ帰郷している。今日はちえみと二人きりだった。

「すっかり濡れてもうて……」

ひとりごとのように言いながら、基樹は火鉢に手をかざした。

「おお寒」

横顔にちえみの視線を感じつつ手をこすり、袖口についた汚れを指で弾いてみたりした。どうしてか、まともに向き合うのが照れくさかった。

おそらく父が用意させたのだろうが、女中着でない装いのちえみは別人のようだった。

いくつになったのだろう。最後に会ったときに十七だったのだから、今は十九か。もう嫁にいってていい歳だ。

なのに、江戸までつれてこられて。

――いい相手が見つからんのやろか。

ちえみには身寄りがない。そのせいで縁組が遅れているのだとしたら、かわいそうである。

――それとも。

昔の約束をまだ覚えているのかいな。

「何を考えてはるの」

ふいに声をかけられて、基樹はうっかり火で掌を焼きそうになった。あわてて火鉢から離れて熱さ冷ましに手を振る。ちえみは口に手を当てくすくす笑った。

「そんなに近づけたら、火傷しますよ」

「うん」

ちえみはまだ笑っている。基樹はばつの悪い思いをしながらも、何となく肩の力が抜けて楽になった。

ようやく真正面からちえみと向き合い、どちらからともなく笑顔になった。

「それで、どなたをたらしこめばええんです?」

「おい……」

基樹はちえみの物言いに呆気にとられ、目をしばたたいた。ひと皮むけて色っぽくなった女と差し向かいでいる淡い弾みも、笑いも消えた。

そういう基樹をちえみは不思議そうに眺めた。

「だって話は早く進めたほうがええでしょ。大事な試験まで、あとひと月もないって旦那さんが仰ってましたよ」

「まあな」

「そうでしょ。だったら、早くしないと。わたしのほうは準備がととのってますから。いつでもはじめられますよ」

小女が基樹の汁粉を運んできた。ちえみはとうに食べ終えて、茶を飲んでいる。

――どうも、あれやな。

調子が狂ってどうしようもない。尻の青い頃から知っている娘、それも女中を相手に胸を高鳴らせるとは。

準備がととのっているというのは、父が今回の策のために借りた町屋のことである。

これからしばらく、ちえみは寄宿舎の近くの一軒家で一人住まいをする。二親の残した家に暮らす、きれいな町娘。それがちえみの役割である。親が蓄えていたものを大事に使いながら、仕立ての内職をしている。顔もきれいで素性に問題もないのだが、親に早く死なれた身寄りの寂しさから、十九になっても縁談が来ない。と、そういう筋立てで芝居を打つのだ。

孝行娘のちえみは、両親の月命日には欠かさず墓参りに行く。その道中で件《くだん》の教授方に出会うことになっている。

草履の鼻緒をわざと切っておくのもよし、眩暈を起こした振りで倒れかかるもよし。ちえみの言うところの、たらしこむ相手は石山兵梧。先日、基樹が賄賂を渡そうとして失敗した相手である。

金で転ばなくとも、女ならわからない。兵梧には嫁がいないし、ああいう堅物ほどきれいな娘に執着するもの。札差への借金で遊ぶ金などあるはずがないし、ちえみが近づけばころりと騙されるだろう。

恋仲に持ち込んだあとが重要である。どうにかして兵梧から学問吟味の試験内容について聞き出すこと。

すでに試問案は決まっているはずなのだ。学問吟味の内容は、試験のある年の正月十一日、殿中御鏡開きの式典のあとの話し合いで定められるという。兵梧は教授方出役で、試問案の協議には参加しないものの、師匠筋の御儒者からその内容を聞かされているに違いなかった。

「で、どうだ？　そろそろ落ちそうか」

基樹が訊くと、ちえみは軽く顎《あご》を引いてうなずいた。

「そうね。半分は落ちたわ。あとは、もう半分」

二人で会うのも今日で三度目。

再会した日のぎこちなさも段々にほぐれ、父の目のない気安さからか、ちえみは基樹に対して気軽な口を利くようになっていた。

「まだ半分かいな」

「もう半分ですよ。いらちなお人やね、そう焦らんともうまくやりますさかい、安心してなさい」

蓮っ葉《はすっぱ》な言葉とは裏腹に、ちえみは仮宿を遠慮しいしい使っていた。

二階に三畳と四畳半のある一軒家なのに、ほとんど下の階だけで暮らしているらしい。

どうせ一人だし、わざわざ汚すこともないというのだ。使う部屋が少なければ、その分よけいな掛かりも要らない。そういうしっかりしたところは昔と変わっていなかった。

　化粧とよそ行きの着物姿に慣れれば、ちえみは前と同じ、自分のよく知る娘だった。変わったのは見た目だけか、と基樹は横目でそれとなく茶を淹れているちえみの姿を観察している。

　半分、つまり兵梧が恋心をほのめかした、ということなのだろう。汁粉屋で会って半月、ちえみはすでに兵梧とかなり近しい仲になっていた。眩暈を起こしたふうを装い、傘を手に倒れかかったのだという。不自然さがあらわれぬよう、常に食事を腹五分目で我慢し、やつれた顔をこしらえたのだそうだ。

「そこまでやったんか」

「ええ、失敗して変に思われたらいけないでしょ」

　ちえみは何でもないように言う。こういうところも昔のままだ。ちえみは子どもの頃から真面目で、適当に手を抜くということを知らない性質なのである。

　住み込みの女中になる前、ちえみは基樹の幼馴染だった。

　ちえみの家は父親が染め師をしていた。腕のいい職人だったのだが流行り病で亡くなってしまい、それが原因で暮らし向きは一変した。母親はそれより前に死んでいたから、ちえみには親がなくなった。

それで基樹の家に住み込みで入ることになったのだが、幼馴染が女中に変わっても二人は仲がよかった。

そういえば、父がいた頃のちえみは常に洒落た着物を身につけていた。染め師の娘らしく、品のいい色合いの小紋をまとった幼いちえみを何となく憶えている。

幼馴染だったときには、近所の子どもらと一緒になって遊んだ。じゃんけんの弱いちえみはいつも鬼だった。隠れんぼでも何でも。しかも、気が強い割にどこか抜けたところのあるちえみは、いったん鬼になると容易に抜け出せなかった。

暗くなるまでみんなをさがして、最後には必ず泣きべそを掻いた。弱い鬼に呆れた子どもらが勝手に家に帰っても、それに気づかずいつまでもさがしている。

しまいまで付き合ってやるのは基樹だけだった。

「みんな帰ったで」

「どうして？」

「どうしてもこうしても、あるいかいな。お前がのろまやから、みんな呆れてしもうたんや」

「何でや、まだ隠れんぼ終わってへんやろ。なあ、基ちゃん。違うんか」

毎度のことなのに、ちえみは泣く。猫のような目から、大きな粒の涙が転げ落ちるのを見るのが好きだった。それで基樹は足が痛いのも堪えて、草叢の陰にしゃがんでいたのだ。

――こいつ、もしかして先生と……。

今さらながら思った。道端で倒れかかったちえみを、兵梧はこの家まで送ってくれたという。そのあとも幾度か会い、この間は酒を飲んだようである。

――いいや、まだやろ。

ちえみはもう半分と言った。すでに深い間柄にあるのなら、そんな言い方はしないはずだ。しかし、口を吸わすくらいはしたのかもしれない。どこでだろう、この家でだろうか。

基樹はそういう疑いを持った目であらためて部屋を眺め、どこかに兵梧の痕跡がないかさがした。部屋は調度も増えておらず、最初にここを訪れたときと変わっていないように見える。

が、わからない。現にこうして基樹も来ているのだ。二つ使った湯飲みも基樹が帰れば洗うのだろうし、そのあとで人が見ても男が訪ねたとは気づかれないかもしれない。

そうだ、と厨へ立ったちえみが団子の皿を手に戻ってきた。

「はい、基さん」

好物のみたらし団子である。今日辺り基樹が顔を出すだろうと、近所の店で買っておいてくれたのだそうだ。

「お酒はあかんやろうけど、これならええでしょ。寄宿舎では甘いものなんて出してくれないと思って」

「うん」

「忘れるところだったわ。基さんが食べてくれへんと、あとでわたしが食べなあかんのに」

ちえみに無邪気な笑い顔を向けられて、基樹はあっさり機嫌を直した。

貧乏くさい兵梧などにちえみが本気になるはずがない。基樹が十で、ちえみが七つのとき、二人は夫婦約束をしたのである。隠れんぼのあとだった。いつものように泣き出したちえみの涙を拭いてやるついでに、基樹は急に彼女の口に自分の口を押しつけた。

不意打ちに驚いたちえみに顎を叩かれ、基樹も泣いた。思い返すと自分でもおかしいのだが、そのあと二人は大泣きしたのだった。

約束のつもりだった。大人になったら夫婦になろう、そういうつもりで口を押しつけた。言葉にしなくても、ちえみには通じると思った。

ちえみの父親は、そのすぐあとに亡くなった。幼馴染だったちえみが女中になり、二人の関係は変わった。もう一緒に隠れんぼをすることはなくなった。

基ちゃん。

幼馴染だった頃のちえみは、基樹をそう呼んでいた。女中になってからは坊ちゃん。基樹はそう呼ばれるのが厭だった。坊ちゃんと呼ばれるたび、少し胸が暗くなった。子ども心にも、二人の関係が変わったのがよくわかった。父はちえみを金で買ったのだ。それで基樹はちえみを嫁にするのを止めにした。

「じゃあ、また来るわ」

「そう」

「ええ話が聞けるの、期待してるで」

基樹は団子を食べると、ちえみの家を出た。

雪は降っていなかった。数日前に降った雪は半ば解け、道の端で凍っている。薄らぼんやりとした空を見上げ、基樹は半端に暮れた空に向かって白い息を吐いた。

――そういえば。

あいつ、基さんって呼んだな。坊ちゃんじゃのうて。基樹がそれに気づいたのは、寄宿舎の門をくぐったあとだった。

しばらくした後。

「それで、先生は承諾したのやな」

「ええそう」

「ようやってくれた。感謝するわ」

基樹は上機嫌で言い、ちえみに軽く頭を下げた。

兵梧が学問吟味の試問案を手に、ちえみの家に泊まることになったのである。これは基樹の提案だった。

学問吟味の試験問題は、通常であれば外にはもれない。試問案の協議は学問所内で行われ、決定した問題は厳重に封をした上で、教授方が若年寄の自宅へ持ち運び、邸内の土蔵に保管される決まりとなっている。

土蔵に収められた試験問題は、学問吟味当日、御徒目付によって会場へ運ぶ手筈となっていた。

その試問案が欲しい。基樹はそう思っていた。土蔵に収められる前にどうにか一部盗めないものか。

今回の試験で、決定した問題を若年寄宅へ運ぶ教授方は兵梧なのだそうだ。まさにおあつらえの展開である。そこで基樹はちえみに頼んだ。うまく兵梧をたらしこみ、試験問題つきで家に泊めさせろ、と。

それを兵梧が承諾したという。ちえみの家は火をふんだんに使うから、御役宅よりあたたかい。しかも手料理、女つき。

（先生、お寒いときはいつでも家をお使いくださいな）

そんなふうに誘えば、兵梧はきっとちえみの家に入り浸りになる。元は旗本、つましい暮らしにはいい加減うんざりしているだろう、そう予想した通りになった。

若年寄宅へ試験問題を運ぶ前日、兵梧はちえみの家に泊まる。

あとは、ちえみが首尾よく試験問題を一部盗むだけだ。うまくいけば基樹は安泰。過去の合格弁書集は手に入れているのだ、どんな問題が出るかさえわかれば学問吟味も怖くない。

なのに、ちえみが心細そうな声を出す。

「でも、わたし心配。うまく問題を盗ってこれるやろか」

「平気や。怖いことあらへん」

「でも、途中であの人が起きはったら？　わたし、うまいことごまかせるかしら」

「ふん。だったら、ごまかさんでもええように段取りすることや」

「どうやって？」

「そやなあ。口移しで強い酒でも飲ませとけ。そうすれば、ばたんきゅうや。朝まで起きへんやろ」

甘い汁粉で酔ったのだろうか、基樹はそんな大口を叩いた。既に試験を通ったような気がして歌でも踊りでも捻り出したくなっている。

「厭よ、口移しなんて。あの人の口、ときどき匂うんやもの」

「へえ」

「まあいいわ、基さんがそうして欲しい言うんならやります。旦那さんからずいぶんたくさんお礼金をいただいているし」

「ふうん」

「今日はもう帰ります。ひょっとしたら、あの人が来るかもしれないし。そしたら、ご飯つくって食べさせないとあかんから」

「そうか」

「ええ。それじゃ、基さん。またね」

ちえみが早口で言う間、基樹はへえ、だの、ふうん、だの、つまらない相槌を打つばかりだった。さっき食べた汁粉の餡が喉につかえているような、変な感じだ。自分が頼み事をしたくせに、それを引き受けるちえみが気に入らなかった。

汁粉屋を出ても腐った気持ちは晴れなかった。

(あの人の口、ときどき匂うんやもの)

つまり口を吸わせたということではないか。それくらいのことは想像していたはずなのに、どうにも気分が悪かった。

——意外と楽しそうやないか。

「ちえみの奴、本気で兵梧先生に惚れたんと違うか」

口に出して憮然とした。半分冗談、八つ当たりで言った自分の言葉に頭を殴られたような衝撃を受けた。

「まさか、な」

ちえみは基樹のために芝居をしているのだ。でもわからない。嘘がまことに化けることもある。馬鹿な。基樹はかぶりを振った。

「あり得へん。ちえみが兵梧先生なんかと――」

ちえみは基樹を好きだったのだ。隠れんぼのあとに夫婦約束もした。忘れるはずはない。

「で？　何があり得ないって？」

いきなり背後から話しかけられ、基樹は小さく叫んだ。倫太郎がすぐ後ろに立っていたのである。

「あ、ああ――、水島さま」

「兵梧先生がどうした」

基樹は突然の事態にうろたえ、言い訳の一つも考えられなかった。

「兵梧先生といえば、縁組が決まったらしいね」

一瞬、言葉が出なかった。縁組？　そんな話は聞いていない。基樹が二の句を継げずにいると、倫太郎はさらにつづけた。

「日本橋の大店の娘さんだそうだよ」

「そうですか」

「名はちえみじゃなかったと思うけど」

倫太郎はそれだけ言い、するりと基樹を追い越していった。散策にでも行くような気楽な足取りで水道橋に向かっていく。

突然声をかけられた昂奮が醒めた頃になり、ようやく腹が立ってきた。失礼な奴や、人のつぶやきを盗み聞きしおって。

外で倫太郎に偶然会ったのは、これで二度目。それだけ倫太郎が頻繁に外出しているということだ。

ふいに疑念が頭をもたげた。

——どこへ行くんや。

よし、ついていってやる。向こうがしたのと同じことを返してやるのだ。自分の思いつきに胸が弾んだ。倫太郎の散策好きはひそかに寮の噂にもなっている。気づかれないようあとをつけ、いったいどこで何をしているのか突き止めてやろう。

基樹は足音をしのばせ、倫太郎を追った。

「最近どうや。先生とはうまくやってるか」

「ええ。すっかりわたしに夢中やわ。この頃は毎日のように顔を見せはるもの」

「顔を見せて、それから何すんのや」

「別にたいしたことはないわ。世間話したり、わたしのつくった肴でお酒飲んだり。とくに変わったことはないけど。ああ、でもそういえば、今度うちの親に会ってくれないかって言われたわ」

どうしましょ、とちえみは肩をすくめて笑った。兵梧に許婚がいることなどまるで知らないふうである。

基樹はそれには答えず、黙って汁粉を飲んだ。熱々の餡が喉を焼き、思わずしかめ面になる。

ちえみは基樹の無言をどう受け取ったものか、あわてて言い添えた。

「心配せんで。あの人の親に会ったりせえへんから。さすがにそれは厄介やもの」

それから、ちえみはふいに顔を伏せた。言いにくいことがあるようで、うつむいたまつげの先がためらっている。

「――でもね、親の話が出てからあの人しつこいのよ。家に来ても、すぐに暗いところへ行こうとしはるから怖くって。ああ、でもまだ何もされてへんけど。だってそうでしょ？　その切り札は、あの人が若年寄のお宅へ試問案を運ぶ前日までとっておかないとね」

今日で最後にしよう、と倫太郎は決めた。

雪の照り返しで辺りは明るんでいたが、心は暗かった。気鬱を抱いた身体はいつもより重く、足がどこかおぼつかない気がする。

戯作者の高坂秀斎に、今日を限りに修行を止めると申し出に行こうとしているのだ。学問吟味を直前に控え、自分なりにけじめをつけようと決心した。ここのところ何度か足しげく秀斎の家に通っていたのだが、相変わらず何の手応えもなかった。それもあって、いよいよ決断のときだと思ったのである。

自分には、戯作者になる才はないのではないか。

それを秀斎に指摘されるのが怖い。だから最後通牒を突きつけられる前に、こちらから止める。

「ふん」

弱腰だと笑いたい奴は笑えばいい。どうせ原稿では人を笑わせられないのだ、笑ってくれる者がいるなら大歓迎だ。

すさんだ気持ちで門を出て、水道橋のほうへ足を向けた。

日暮れには早いというのに白い月が出ている。昼の月だ。こんなときに月を見ても、とても兎が住んでいるとは思えなかった。

しばらく倫太郎は月を眺めていた。

「止めるか——」

つぶやいて目を伏せ、ふたたび歩いた。声に出したことで、ようやくあきらめがついた気がした。

厭なことはさっさと済ませてしまおうと、倫太郎は急ぎ足になった。

うつむき加減で黙々と、まだらに解けた雪道を歩く。雪のせいで草履が重く、思うように早足に進めないのが苛立たしいが、湿った西日から目を背けてぐいぐい歩いた。

一心に下を向いていたせいだろう、倫太郎はすれ違う人の傘に頭をぶつけた。

「ごめんなさい」

「いえ、こちらこそ」

傘の中から顔を覗かせたのは、若い娘だった。

娘は口早に言うと、はじらって頬を染めた。倫太郎と目と目が合ったせいではない。二人が入ろうとしていた水茶屋は、お忍びで会う男女に奥座敷を貸してくれるという類の店だった。そういう店の真ん前で人にぶつかり、謝ったり謝られたりしたくないというのも道理である。

「あれ……」

きれいな娘ではあるが、倫太郎が目を留めたのはその隣にいる武家のほうだった。

武家は横を向いて、倫太郎に顔を見せないようにしている。

が、それでごまかせるものではない。

「兵梧先生ではありませんか」

「……」

「奇遇ですね。こんなところでお会いするなんて」

ようやく観念したらしく、教授方出役の兵梧は仏頂面を向けた。娘は倫太郎が自分のつれと知り合いとわかって顔をほころばせた。右の頬にえくぼが一つ。

二人は一つ傘に入っていた。しかも兵梧は娘の手を引いている。

——おや。

倫太郎はちらとその手を眺めた。相惚れのつなぎ方ではなかった。男が一方的に女の手を握っているのだが、女はそれを嫌がっているふうだ。

どうやら兵梧がつれているのは許婚の娘ではないらしい。

すると、これがちえみか。

倫太郎は先に汁粉屋の前で基樹を見かけたことを思い出した。後日、倫太郎は件の汁粉屋に入り、基樹が十八、九の娘と何度か奥座敷で待ち合わせをしているという話を聞き出した。寄宿舎で寮生代表をしていると言ったら、あっさり教えてくれたのである。

なるほど、と思った。それで基樹のつぶやきの意味がわかった。おそらくちえみは基樹に頼まれて兵梧に近づいたのだ。その理由は訊かなくともわかる。学問吟味が間近に迫ったこの時期のこと。切羽詰まった受験者の中には、そうした策を弄する者もいる。

が、その策に乗せられた兵梧もどうかと思う。いずれ御儒者になろうというお人が、寮生が仕掛けた女子に操られ、鼻の下を伸ばしているなど言語道断。恥を知るがいい。

「そうか、先生。このお方が許婚の恵津子さまですね」

倫太郎は快活な声で言った。

恵津子とは兵梧の許婚の名前である。つい先だって、兵梧は札差への借金の肩代わりを条件に、師匠筋にあたる御儒者から勧められた廻船問屋の娘と縁組をしたのだ。恵津子という許婚の娘の顔を倫太郎は知らない。しかし噂は聞いている。たとえていうなら鬼瓦に似ておる、と東馬がこっそり教えてくれた。片えくぼの色っぽいこの娘が恵津子でないのは、言われなくともわかった。

「いやあ、お噂のとおりきれいな方だ」

「恵津子さまって？」

娘はとまどい、困ったように兵梧を見た。が、御鉢を回された兵梧は狼狽のあまりに言葉も出なくなっている。

「どういうことですの？　恵津子さまって、どなた？」

倫太郎の問いには答えず、娘は兵梧に詰め寄った。

「待ってくれ――」

通りの向こうから、悲痛な声が響いた。

基樹は懸命に走った。

解けかかった雪が草履の裏でかたまり、すぐに転びそうになる。幾度草履を脱ごうと思ったことか。

約束の刻限に、ちえみが汁粉屋にあらわれなかった。しばらく待ったが連絡もない。汁粉屋を出てちえみの家に行くと、誰もいなかった。だが、厨に書き置きが残されていた。

（あの人が訪ねてきたので出かけます）

それを読み、急に胸騒ぎがした。出かけるって――、どこへ。基樹は夢中で外へ駆け出していた。もう夕方になろうという時分ではないか。

よろけながら走るうちに日が傾き、道の先に立つ人影はおぼろだった。だが間違いない。あそこに立っているのはちえみだ。

その証拠に、小さな人影が基樹の声に反応した。

「基さん」

上ずった声が基樹を呼んでいる。

「ちえみ」

胸が破れそうな勢いで駆けてきたせいで、声がかすれた。

「ちえみ……、駄目だ、そんな店へ入っちゃ。そこは駄目だ」

どうにか引き留めたくて無理に叫んだら、声が裏返った。偶然通りかかった子どもが基樹を指して笑う。

「変なの」

「お止め、人を指さすんじゃない。——すみません」

母親は子どもの頭を小突き、決まり悪そうに基樹の横をすり抜けていった。水茶屋の暖簾がはためき、北風にあおられた川の水が強く匂った。雪の匂いが目に染みた。

母子は遠ざかっていった。二つならんでいた背は見る間にかすみ、暮れ方の空にまぎれて見えなくなった。

ちえみは水茶屋の前に佇んでいた。怒った顔で基樹を見ている。よかった。間に合った。兵梧はちえみの手を掴んでいた。あと少し遅かったら、ちえみは強引に水茶屋へつれこまれていただろう。

基樹の目線を辿ったものか、ちえみが兵梧の手を振り払った。裾を乱し、こちらへ駆けてくる。

「馬鹿」

抱きついてくるなり、ちえみは基樹の頬を叩いた。まともにぶたれ、目から星が出た。子どもの頃のちえみならここで泣くところだが、大人になったちえみは泣かなかった。ひどく怒った顔をして、基樹の胸に頬を押しつけてきた。

いい匂いがして、一瞬ぽうっとしそうになった。が、それどころではない。基樹はちえみを振りほどき、憮然としている兵梧のもとへつかつかと歩み寄った。

なぜか倫太郎までいるのが不思議だが、そんなことはどうでもいい。基樹は大きく息を吸い、顎を突き出し言い放った。

「先生、不埒な考えは起こさんことですわ」

取り返しのつかないことをした、と頭の片隅で思ったが、それもどうでもよかった。

基樹は鼻の下をこすり、勢いよく踵を返した。

「危なかったわ。あの先生、見かけによらずやらしいんだもの」

よほど怖かったのか、ちえみの声は妙に甲高かった。すぐ後ろに倫太郎がいるというのに、甘えて基樹に身体をぶつけてくるのが気恥ずかしい。が、それも無理はない。

水茶屋へつれこまれそうになったのがよほど怖かったのだろう。

兵梧は甘いものを食べにいこう、とちえみを外に誘い出したのだそうだ。家に入れてくれる割に、ちっとも身体を許してくれないちえみに焦れ、強引な手に出たのだ。

「そうなんや。で、どんなことされた」

「どんな、って」

「さあ。それを知りたいから訊いてんのや」

「何言ってんの、馬鹿」

また顎をぶたれそうになり、基樹はとっさに飛び退いた。うまくよけたつもりだったのだが、雪で足が滑り、尻から落ちた。

「ほら、罰が当たったわ」

ちえみが尻餅をついた基樹を見下ろし、憎まれ口を叩く。

「げんが悪いなあ」

学問吟味まであと半月。試験の直前に足を滑らせて転ぶなど、縁起の悪いことこの上ない。

落ちるかな。

ま、落ちてもええけどな。

三年後にまた挑戦すればいいじゃないの。ちえみなら、そう言ってくれる気がする。

「いい加減、起きたらどうだ。尻が濡れるぞ」

背中で倫太郎が言う。

わかっているのだが、腰が立たなかった。どうも足を挫いたらしい。基樹はぬかるんだ道に腰をつけたまま、空を仰いだ。ちえみが傍にいてくれるなら、少々の回り道など苦にならないと思う。

空は曖昧な感じに暮れかかり、どこまで目で追ってもきりがなかった。尻餅をついた拍子に掴んだ雪は、もう掌の中で解けている。冷たいような、あたたかいような。どっちつかずの感触が、今の空と似ていた。

うそうそどきの空から雪の匂いが降ってくる。

第六話　こまんじゃこ

緊張を強いられるときほど、いつもの調子で過ごすほうがいい。誰に教えられたというのでもないけれど、倫太郎はそう思っていた。

そこで朝の見回りである。

降っても晴れてもひとまず散策。講義の前には講堂の庭を一回りするのが倫太郎の日々の決まりごと。昔からそうなのだ。田舎に住んでいた頃の、毎朝水田の様子を確かめにいく習慣が残っているのかもしれない。

講堂をぐるりと散策したのちに池の前へ。花梨の葉には霜が降り、朝日に白々と光っていた。夜明けまもない朝の風は耳たぶを切りそうに冷たいが、陽だまりには浅い春の気配がする。

池の前には、お決まりの先客がいた。

「源さん、おはよう」

倫太郎は灰白の髷に向かって声をかけた。何をしているのか、源三は盛んに腕を動かしている。丸い背中越しに覗く水面に小さな波紋が広がっていた。空は晴れているのに、池の上にだけ雨が降っているようだ。

「ああ……、水島さまか。おはようさん」

見ると、下番の源三は池に飯粒を投げ入れていた。おむすびを少しずつちぎって、池に放っているのである。

やもめの源三は学問所の近所に住んでいる。おむすびは彼の手づくり。なぜか源三は毎日朝餉をここでとるので、学問所の庭をねぐらにしている雌猫の虎子が、ときに匂いを嗅ぎつけやって来る。

しかし今日、源三の朝餉の相伴に預かっているのは池のめだかだった。

春になると、この小さな池でめだかの子どもたちが次から次へと生まれる。今年もどうやら生まれたようだ。

源三はめだかの子どもたちをねらって飯粒を投げていた。

「もしかして、それは餌のつもりかい」

「はあ、まあ」

気のない相槌を打ちつつ、ぱらり。また、ぱらりと源三は飯粒を池に投げていた。

源三の投げた飯粒を巧みに避けながら、めだかの子どもはぷうっと膨れた光る腹を揺らして泳いでいる。

「残念ながら、源さんの餌は気に入らないみたいだね」

倫太郎が言うと、源三は口だけで笑った。ぱらり、またぱらり。いかにもつまらなそうに飯粒を投げている。

めだかが飯粒を食べるのかどうか、倫太郎は知らなかった。少なくとも見たことはない。子どもだった頃、倫太郎はめだかにはイトミミズをやっていた。

やがて、ちっとも飯粒に興味を示さないめだかに倦んだのか、源三は餌やりを止めた。代わりに自分が食べている。黙々と。味などどうでもいいといった顔で咀嚼している。

しばらく間を置いてから、倫太郎は言った。

「まあ、あのお腹を見る限り、当分ご飯はいらないだろう。飯粒を食べないからって心配することはないよ」

「……」

「めだかの子は、腹にたっぷりご飯を詰め込んで生まれてくるそうじゃないか。人の子もそうなら楽なのになあ」

「行かなくていいんですかい」

「え」

「今日から大事な試験がはじまるんじゃないですかい」

源三は倫太郎を見上げ、にごった目で顔をしかめた。

「これに遅れたら大変ですよ。早く行きなすったらどうです」

「うん――」

そうなのだ。源三の言うとおり、この試験には遅れるわけにはいかない。

文政六年（一八二三）二月、今日から五日間の日程で学問吟味の試験が行われる。第一日目の今日は『小学』。明日以降、第二日目は『四書』、第三日目は『五経』、第四日目は歴史、第五日目には論文と息つく暇なしに日程が組まれている。

寄宿舎では、ここのところずっと通夜のような空気が流れていた。三年に一度の大事な試験を控えて、寮の壁や廊下には小さな針がびっしり生えたようになっている。どこに触れてもぴりぴりとして、痛くて堪らない。

三十名いる寮生の中で、試験を受けるのは『諸会業』の階梯にいる一部の寮生だけだが、残りの者も受験者を気遣いおとなしくしている。誰もが言葉少なになり、目が合えば互いにさりげなく逸らすという有様だった。

受験生は皆気が立っており、季節外れの雷さま同然。すぐに泣いたりわめいたり、傍若無人なことこの上ないのである。

力を尽くしてください、などと後輩が励まそうとしたら大変だ。平和な食事の席がいきなり修羅場に変わる。

（なぬ？　それでは、そなたはわたしが手を抜いていると申すのか）

嫌がらせか。ええ？）

（いえ……。そういうわけではありませんが）

（ならば、どういう意味だ。何の意図があって、力を尽くせなどと申す。嫌がらせか。ええ？）

（まさか、そんなつもりはありません）

（無神経な奴め。『諸会業』にも届かぬそなたに、わかったような口を利かれたくないわ）

（何ですと？　人の励ましを悪意に捉《とら》えるとは先輩もお心が狭い。そのような小心で難関を突破できますかな）

次の瞬間にはもう、掴み合いの喧嘩になっている。いい年をした武家が涙ぐみ、洟を垂らしながら、これといって落ち度のない後輩に殴りかかるのだ。

年が明けてからというもの、こんな諍いが日に幾度も起きるようになった。

そのたびに頭取の東馬や世話役の倫太郎が仲裁に入るのだが、いい加減それにも疲れてきた。東馬も倫太郎も受験者なのである。くだらぬ喧嘩に付き合えるほど、平静な気持ちを保っているわけではない。

いくら俊才と呼ばれようと、学問吟味に挑戦するのはこれが初。試験は水物、蓋を開けてみなければ結果などわからないのだ。

――ちぇ。

つまらないな。源さんまでわたしを邪険にするなんて。友だちと思っていたのに、冷たいじゃないか。

——何があったか知らないけどさ。

いつもなら倫太郎を見れば軽口を叩く源三が、今朝は妙によそよそしい。心配事があるのだろう。池を見つめるうつろな目や、飯粒を放るときのやる気のない手つきがそう物語っている。

「行くよ」

倫太郎は軽く手を挙げ、池の前を離れた。源三はおざなりに顎を引いたきり。手を振り返してはくれなかった。

まあ、それも仕方ない。生きていると毎日晴天とはいかない。

そう思う倫太郎自身、心は曇天だった。東馬と喧嘩中なのである。

というより、一方的に無視をされているのだった。東馬が倫太郎に腹を立て、口を利いてくれない。そういうのは喧嘩とは言わないかもしれないが。

原因は塩見基樹の件だった。

基樹がちえみという娘を兵梧に近づけ、試験問題を盗もうと画策していたあの一件。倫太郎はその一部始終を基樹から聞いて知っていた。が、役人には報告していない。共に寮生代表のつとめを負う東馬に話したのもつい最近のことで、あくまで済んだこととして説明した。

　東馬はそれが気に入らないのである。

「どうして、そんな一大事を隠しておったのだ」

「隠したなんて大袈裟な。黙っていただけだろうに」

「屁理屈を言うな。それでも貴様、寮の世話役か」

「もちろん、そのつもりだけど」

　あとは覚えていない。ひどい罵詈雑言を浴びせられた気もするが、倫太郎は耳に栓をして聞かないようにした。東馬と話し合いをしても無駄だと、倫太郎にはわかっていた。

　どこまで話しても、倫太郎と東馬の主張は平行線を辿るだけ。手間をかけたところで結論の一致を見ることはないだろう。

　基樹は処罰されるべきだ。これが東馬の主張。

　処罰は不要。基樹には改心の機会を与えるべき。これが倫太郎の主張。

　そのつもりで御儒者に報告はせず、基樹にも緘口《かんこう》を指示したのだ。あとから決定を覆すのは基樹に対して不実だし、その必要もないと思う。

　そういう倫太郎の言い分を、東馬は理解しかねると言う。規律を破った者に罰を与えないようでは、寮の風紀は乱れるばかり。ほかの寮生たちによからぬ悪影響が及んだらどうするつもりだと、倫太郎を責め立てた。

東馬の言い分にも一理ある。みだりに不正を見逃すのはよろしくない、というのはその通りだろう。

しかし基樹は結局、試験問題を盗まなかったのである。直前で気持ちを翻し、計画を差し止めるべく奔走した。そのあとは不埒な考えと決別し、猛烈な追い込みをした。だから、倫太郎はあの一件を役人に報告しなかったのである。基樹の標的となった教授方出役の石山兵梧も黙っているのだし、それでいいではないか。東馬は規律に反する邪な考えを起こしたこと自体が問題だと言ったが、その論法でゆくと倫太郎などとっくに退寮の断が下っているはず。

何しろ、官費で修学させていただく傍ら、戯作者を目指していたのだから。これが人に知れたら大変だ。とんでもない不心得者として即刻退学だろう。養父の水島吉衛門にも家を出され、越後に帰る羽目になるに違いない。

「規律では人の心を裁けないと思うがな」

ひとりごち、まぶしい空を見上げる。日陰に残った雪が朝日をはね返し、頑固に鎮座していた。薄暗い場所に溜まった雪は、明るい日向につもったそれと違い、ずいぶんと硬そうだ。

負けるものかと、浮かれたように蕾をつける花や木を睨んでいるような。春の日に挑んでいるような。日陰の雪は辛抱強い風体に見えた。

　倫太郎は頑固そうな雪の塊を蹴った。案の定びくともしない。おとといの夜、春の雨が降ったことにも知らぬ振りをして、一人で真冬を気取っているのだ。すぐ近くに植わっている花梨の木に、小さな蕾がついたのも見えない振りをしているのだ。

「ああ厭になる」

　硬い雪にぶつけた小指の痛さに顔をしかめ、倫太郎は悪態をついた。大切な試験を控えているというのに、朝からこれか。

「弱った弱った」

　本当に。しびれる小指にも。口を利いてくれない東馬にも。

　東馬との諍いは今朝もつづいていた。朝餉のときにおはようと声をかけたのに聞こえない振りをされた。

　つまらぬ意地を張るな。そう思う。

　学問吟味が終わったら、おそらく東馬とは離れ離れになる。試験に合格すれば寮を出ていくことになる。

　首席の倫太郎と次席の東馬。

　寄宿舎を代表する秀才二人がいずれも試験に落ちる可能性は低いだろう。おそらくどちらか、あるいは二人とも合格する。

散策も終わりに近づき、すぐ目の前に学問所があった。試験は広間で行われる。

倫太郎は日向へ一歩出た。草履の下で霜柱が崩れ、頼りない音がした。真冬の頃と比べて芯がもろくなったようだ。そもそも霜柱の立つ日が減ってきている。風はなごり雪の気配を含んでいるが、確実に春は近づいているのだ。


第一日目は『小学』。

受験者は学問所広間に集められ、試験開始のときを待っていた。通いの学生たちに混じり、寮生たちも定められた位置についている。

普段の講義のときと比べると格段に人の数が多い。寮生たちにとってはそれだけでも負担の材料になりそうだ。

倫太郎は居並ぶ受験者を見渡し、寮生の顔を順に確かめた。

真っ先に目についたのは本橋孝之助。年明けから連日、朝に夜にお題目を唱えていたという男だ。よほど緊張しているらしく顔面蒼白である。大丈夫かな、途中で倒れなけりゃいいけど。

佐久間信三も半泣き。塩見基樹もいつにない神妙な顔つきで座っていた。濃い眉を奇妙な形にしかめ貧乏揺すりをしている。隣の受験者がいさめるような咳払いをしたのにも気づかないふうで、小声で何やらつぶやいていた。

その必死な面持ちには覚悟があった。本人は自覚していないだろうが、今の基樹は武家の顔をしている。ひとまず大坂に帰したというちえみのことも、今は頭になさそうだ。

村瀬隼人は緊張を鎮めるためか瞑目している。彼と親しかった古河慎之介、お猿の姿がないのが寂しい。

受験者は一様に硬い表情を見せていた。例外は一人だけ。

広間の隅にいる東馬は泰然としていた。広間にただよう緊張風などものともせず、静かに心を集中させているかに見えた。

ずるいな、と倫太郎は思った。自分ばかり悠然としているなんてずるい。わたしはこんなに緊張しているのに。

もっとも、これが一方的な八つ当たりであることくらいは倫太郎にもわかっている。だけど、いつも一緒にやってきたじゃないか。春も夏も。秋も冬も。

この一年もの間、倫太郎の傍には常に東馬がいた。どの思い出を開いても必ず東馬が出てくるのだ。忌々しいことに。

生意気な青年である。いくら自分が旗本、倫太郎が御家人の倅といえど、わたしは年上。それなのに、東馬は三つも年上の倫太郎に説教をし、試験で勝てぬ腹いせか、何かというと寮の規律についての話し合いを持ちかけてくる。

気に入らないと思ってきた。わたしのことを好いていないのだろうな、とも。まあ、倫太郎は所詮にわか侍。覚悟のない、浮ついた寮生だから。東馬に疎んじられるのも無理はないとあきらめていた。

（おい――）

どこかで誰かの声がする。

（おい、聞いておるのか）

声のするほうに目を向けると、東馬が睨んでいた。

（ぼんやりするな。今日を何だと思っている。学問吟味の試験当日だぞ。しゃきっとせぬか）

口をぱくぱくと動かして言う。

（それでも世話役か）

いつもの憎まれ口に思わず緊張がゆるんだ。東馬はもうそっぽを向いている。忠告はするが、お前を許したわけではない。そういうことなのだろう。

今までは鬱陶しかった叱責に胸がなごんだ。柄にもなくこわばっていた身体の力が抜けて息をするのが楽になる。

――力を尽くせよ。

凛とした横顔に向かって、倫太郎は声援を送った。

――わたしも精一杯やるから。

互いに最善を尽くして正々堂々と闘おう。今度も首席を譲る気はないけれど。

試験の初日と二日目は大過なしに終了した。

三日目は『五経』。これも落ちついて答えられたと思う。

倫太郎は試験が終わったあと、夕餉前の散策に出ることにした。試験期間中といえども習慣を覆す気はないのだ。

まずは木戸門に立っている若い下番の佐吉に挨拶をした。

「やあ」

「今日も散策に行く気ですかい」

「もちろん」

佐吉はわずかに反り身になり、呆れ顔をしてみせた。

「学問吟味の真っ最中にそんな余裕を見せるたあ、水島の旦那は大物だね」

「それはどうかな」

「ま、言っても聞かない人だから仕方がない。ともかく早めにお戻りくださいよ。旦那の背には二組のおとっつぁん、おっかさんの期待がかかってるんだ。怪我でもして、残りの試験を受けられねえなんてことになったら目も当てられません」

「お前は心配性だね」

倫太郎が言うと、佐吉は勢いよく手を振った。

「それは違う。わたしが心配性なんじゃなくて、水島さまが呑気なんですよ。越後の生まれからくるお国柄なんでしょうかね」

しきりに首をひねる佐吉に、わかった、すぐに戻ると告げて、倫太郎は通用門へ行った。

ここの下番は源三である。

「通しませんよ」

倫太郎をひと目見るなり、源三はあからさまに口を曲げた。やあ、と挨拶もさせてくれない。

「お止しになったほうがいいです」

「どうして」

なぜ急にそんなことを言い出すのだろう。昨日も一昨日も倫太郎は散策に行った。そのときには、源三は何も言わなかったのだ。

なに、散策といっても遠くへ行こうというのではない。学問所を一回りして帰ってくるだけだ。雪解けで水嵩の増している神田上水に近寄ることもなければ、繁華な通りへ足を踏み入れることもない。

佐吉も源三も心配が過ぎる。わたしは小さな子どもではないのだ。

倫太郎は二人の言葉に耳を貸さなかった。あくまで自分の習慣を守ることに固執した。それが学問吟味を無事に乗り切るこつだと、思い込んでいたのだった。


門の外は陽光にあふれていた。

倫太郎はそこでいったん立ち止まり、大きく伸びをした。それだけで生き返る気がする。連日の試験で酷使している頭にすがすがしい空気が満ち、身体の内側から疲れが抜けていくようだった。

朝は凪いでいた川風が昼を過ぎて少し出てきたらしい。伸びをすると、身の内いっぱいに春の風が満ちる。

「さて」

通用門を出たらどちらへ行こうかと、倫太郎は首を左右にめぐらした。学問所をひと回りするにも方向が違えば、また見える景色も違うだろう。

どうする。右か、それとも左か。左の方向からはかすかに梅の匂いがした。

「よし——」

左だ。

倫太郎は梅の匂いに従うことにした。

「それじゃ源さん」

いってきますと声をかけ、意気揚々と門を出たその刹那――。

倫太郎は通用門から一歩足を踏み出した途端、こちらへ向かって駆けてきた男に抱きつかれた。

「え？」

何をするのだ、この男はいきなり。往来で抱きついてくるとは。

「もし、お人違いでござろう」

耳元で言ったが男はかぶりを振っている。

――はて。

誰だろう。倫太郎は抱きついてきた男に見覚えがなかった。断じてない。そもそも男に抱擁されるような趣味はない。

気味が悪くなって、倫太郎は男の腕を引き剥がした。お止しなさい、と諫めようとしたそのとき。

「掏児《すり》だ！」

男が叫んだ。

「皆さん、この男は掏児です！　つかまえてください！」

なおも男は叫んでいる。その声を聞いて、往来を歩いてきた人が集まってきた。

「わたしは何も」

「いいや、掏児だ。どろぼうのくせに言い逃れをしようなんざ図々しい」

倫太郎と男を中心に人の輪ができた。男は野次馬たちに向かって、倫太郎が自分の財布を盗ったとわめきつづけている。

やがて学問所の役人が走ってきた。

「あ、お役人さま。この男をお縄にしてください。わたしの財布を盗んだ掏児です」

「違うって――」

「何だと」

否定する倫太郎の胸倉を掴もうとした男を役人が制した。

「水島さまではないですか」

駆けつけてきたのは、学問所でときおり見かける若い役人だった。

「やったのですか?」

「そんなはずないだろう」

気色ばんで答えると、役人はそうだろうというふうにうなずいた。寮生の中で筆頭の秀才、という看板は伊達でないらしい。役人は倫太郎の味方につこうと決めたようだ。

役人は騒いでいる男を睨んだ。

「そなたの思い違いだろう。この方はいずれ御儒者となる優秀な御仁。掏児などするわけがない。おかしなことを言うと、お前のほうこそお縄にするぞ」

「待ってください、証拠があります」

男は役人に諌められても動じなかった。顎をそびやかして役人を見返し、憎々しい仕草で倫太郎の袂を指す。

「ずいぶんですね。その中をたしかめもせずに、わたしを嘘つき呼ばわりなさるのですか。優秀な方の言い分ばかり鵜呑みにして、学のない者の言うことは真っ赤な嘘だと。そういうことですか」

人垣の中から声が上がった。

「兄ちゃんの言う通り。まずは袂ん中をたしかめてからだ。話はそれからよ」

そうだそうだと、野次馬たちが呼応する。

役人は周囲を見渡し、それから倫太郎と目を合わせた。

「かまいませんよ」

掏児などしていないのだから。倫太郎はおとなしく役人の吟味に従うことにした。

腕を水平にして立ち、袂を調べやすいようにする。

白昼の通りで、倫太郎はお役人の吟味を受けた。

——木の芽どきだからな。

倫太郎は男を見た。男は澄ました様子でお役人の様子を眺めている。三十過ぎくらいか。あるいはまだ二十八、九かもしれない。

生業の見当はつかなかった。武家ではないが、商人にも見えない。かといって職人でもなかろう。むろん百姓でもない。

奇妙に醒めた目が気になった。動かないまなざしが蛇か蜥蜴《とかげ》のようである。顔色も悪く、身体つきも不健康そうだ。何をして食べているのかわからないが、ろくに日に当たっていないような雰囲気があった。

果たして、倫太郎の袂からは男の財布は出てこなかった。

「どういうことかね」

苦りきった御儒者の声に、倫太郎は首を傾げた。

「さあ、それがわたしにもさっぱり」

「そんなはずなかろう。そなたの袂から出てきたのだ、知らぬ存ぜぬの言い訳が通用するか」

倫太郎の返答が癇に障ったのか、御儒者はこめかみに青筋を立てた。

学問所の応対所に呼び出され、倫太郎は御儒者たちに囲まれていた。いつもは開け放してある襖は閉ざされ、外に声がもれないようになっている。

財布が出てこなかった代わりに、倫太郎の袂からは『五経』を記した紙が出てきた。

それで改めて吟味を受けているのだった。

が、倫太郎には何とも答えようがない。

「よりによって、かような不正をするとは――。前代未聞の不祥事だ」

御儒者は心底呆れた声で言い、深い溜息をついた。

溜息をつきたいのはこちらのほうだ。倫太郎にはまったく身に覚えがないのである。

しかし、それを言ったところで疑いは晴れまい。かえって反省が足りないということで事態を悪化させるだけだ。

応対所には御儒者が勢揃いしていた。老若合わせて十人ばかり。その中には立花古戸李の姿もあった。

「前からそなたには頭を悩ませていたが、これでようやく腑に落ちた。前から同じ手口で試験に臨んでいたのだろう」

もっとも多弁なのは『六国史』の御儒者だった。自分の講義でいつも倫太郎が昼寝していたのを恨みに思っているのかもしれない。ここぞとばかりに責め立ててくる。

倫太郎は黙ってうなだれているしかなかった。どうも、皆一様に倫太郎が不正をしたものと信じ切っているようだ。

掏児はしなくとも、試験ではいかさまをしてもおかしくない。つまりそれが倫太郎の評価というわけだ。

内心味方をしてくれるものと思っていた古戸李も、厳しい顔をくずさない。いかにも不快そうに眉間に皺をきざみ、無言で倫太郎を見据えている。

ほかの御儒者はともかく、古戸李にまで疑られているのは悲しかった。非常にやるせない。春にはなえというきれいな老女から託された結び文を届けて以来、倫太郎と古戸李は割に懇意にしていたのである。何かと言えば御役宅に呼ばれ、馳走や菓子をふるまわれ、ときには酒を飲み交わしたりもした。

(しっかり精進して、わたしのあとを継いでくれたまえ)

酔いに任せてそんなことを言われたこともあった。

冗談じゃない、と思ったが、少しはうれしかった。不甲斐ない自分が誰かに期待されていると思うと心強い。だから倫太郎も古戸李に親しみを覚えていたのだ。

それなのに。

古戸李はじっと黙っているばかり。次第に高まっていく倫太郎への非難の声に異論を唱えてくれようとはしない。

退学か――。

このままいけば間違いなくそうなるだろう。伏せた目の前に親の顔がちらついた。

越後と江戸の四人の親の嘆く声が聞こえるようだった。

自分より親たちのほうが切ながると思う。それに気づいて、目の前が暗くなった。源三の忠告は正しかった。散策になど行くべきではなかった。素直に寄宿舎へ戻っていたら今頃こんな目には遭っていないだろう。

危うく涙がこぼれそうになったとき、外で声がした。

「僭越《せんえつ》ながら、申し上げます――」

東馬の声だった。襖を開けて低頭する。

「無礼ではないか、今は詮議中だぞ」

「無礼を承知でまいりました。どうぞわたくしの言葉に耳をお貸しください」

凛と響いた言葉に一瞬座が鎮まった。しかしね、と言いかけた『六国史』の御儒者を古戸李が制した。

倫太郎が試験で不正をするはずがない、と東馬は言った。

「水島は正直な男です。不正をするような邪《よこしま》な人間ではありませぬ。ともに寮生代表をつとめたわたくしが保証いたします」

「だがね、こうして実際に不正の証拠が出てきたのだよ」

『六国史』の御儒者も負けていない。東馬の熱弁に対抗すべく、証拠の紙片を突きつけた。

東馬は紙片に目もくれなかった。

「愚かしい。それこそいかさまです。誰かが水島を陥れようとしているのです」

御儒者の抗弁を一蹴し、東馬は言い切った。実にたのもしい。感動して胸が熱くなった。

「いかさまと言うのなら、その証拠を見つけなさい」

それまで沈黙を守っていた古戸李が、突然話に割って入った。

「証拠が出てきたら、そなたの言い分を認めよう」

「わかりました」

「馬鹿な、ここにれっきとした証拠が上がっておりますのに――」

ふたたび『六国史』の御儒者が反論を申し立てたが、古戸李は頑として異議を挟ませなかった。学問所主幹の権限でもって黙らせる。

「本人がしていないと申している以上、無理に罪を押しつけることはできまい。井上の言う通り、誰かが水島を陥れようとしているのかもしれぬ。ともかく今は、無事に学問吟味を終わらせることが肝要であろう」

険悪な空気がただよう中、話し合いは終わった。

ひとまず倫太郎は沙汰なしで解放と相成り、残りの試験を受けさせてもらうことになった。ただし、ことの究明は必須。倫太郎と東馬は罠をしかけた犯人をさがさねばならない。

もし犯人が見つからなかった場合は――。

倫太郎は不正を犯した罪により、問答無用で落第とのこと。


「わたしは塩見が怪しいと思う」

寮の部屋へ戻る途中、東馬が言った。

「いきなり何だ、藪《やぶ》から棒に」

「どう考えても、あいつがもっとも怪しいではないか」

東馬は顎をなでつつ、自分でうなずいている。

「まったく――」

ひどい決めつけだ。そんなはずはない。

「基樹ではないよ」

倫太郎は静かに言った。

「そうかな」

「そうだ」

繰り返すと、東馬は納得しない様子で、そうかな、とつぶやいた。

――当たり前だろう。

どうして基樹がそんな真似をするのだ。あいつが改心したのを東馬は知らないのだろうか。試験問題を盗もうとした不埒な男、そうだな「商人あがり」とでも思っているのかもしれない。こんな言い方をするのは好きではないが。

倫太郎は、いつ『五経』の紙を仕込まれたかわかっていた。

掏児だ、と騒いだ三十絡みの男。倫太郎は蛇か蜥蜴のようだった男の目を思い出していた。あの男がやったのだ。倫太郎に抱きつきざま袂に『五経』の紙を仕込み、そのあとで叫んだのだ。お役人を呼んで倫太郎の着物を調べさせるために。

しかし理由がわからない。

見知らぬ男になぜそんな嫌がらせをされたのだろう。記憶を手繰っても、あの男の顔に見覚えはなかった。仮にどこかで会ったことがあるとしても思い出せない。

気がつくと、東馬が倫太郎を見ていた。

「どうした。怖い顔をして」

「いや――、とんだ目に遭ったなあと思って」

倫太郎は苦笑いをしてごまかした。

「ふん。試験の最中に外へ散策になど行くお前が悪い。その軽佻浮薄が今回の災いを招いたのだ。悪癖を直さぬ限り、次もまた似たようなことが起きるぞ」

「次って何だ」

「決まっているだろう、三年後の学問吟味のことだ」

涼しい声で言い、東馬はちらとからかいの目を寄こした。

「今日の一件でお前にはけちがついたからな」

「うん」

「だから、お前は落ちるよ」

これには倫太郎も腹が立った。

「失敬な。落ちるものか、わたしは首席さまだぞ。こんなことくらい何でもないよ。明日からまたしっかりやればいいんだろう」

気色ばんで言い返すと、東馬はにやりとした。

「その意気だ。それでなくてはつまらない」

東馬の部屋の前についた。廊下はひっそりとしている。二人は話し声を抑えた。受験者は自室でおさらいに励み、ほかの者は気を使って物音を立てぬようにしているのだろう。

「今の言葉を忘れるなよ」

「……」

「これが最後の勝負なのだからな。わたしは絶対にお前に勝つ」

しんとした廊下に東馬の決意表明が高らかに響いた。

それで東馬は庇《かば》ってくれたのか。喧嘩中なのにおかしいと思っていたのだが、腑に落ちた。

東馬は部屋に入っていった。

「心配するな。お前の汚名はわたしが返上してやろう」

自分の部屋に戻ると、倫太郎は文机の前でもの思いにふけった。障子を開けると月のない夜が広がっている。

しっとり湿った空の色を眺め、春の夜に向かって息をつく。息はかすかに白くなったがそれもすぐに消えた。風が強いのだ。文机の上に置いてある戯作の原稿が押さえた袖の下ではためいている。

倫太郎はしまうつもりで放っておいた原稿に目を落とした。

何気なくめくってみる。読もうとしても、内容が頭に入ってこなかった。ただめくっているだけ。

しかし最後の一枚のところで、倫太郎はあれ、と思った。なぜかその一枚だけ上下逆さになっている。

そんなふうに重ねた憶えはなかった。偶然の仕業だろうか。わからないまま原稿をしまい、床を敷いた。

今朝も源三は池の前にいた。

「また餌やりかい」

倫太郎が声をかけると、源三の丸い背がびくついた。足音を消したつもりはない。源三は考えごとをしていたか、放心していたかで倫太郎が近寄るのに気づかなかったのだろう。

「何だ、違うのか」

池の水面はおだやかに沈んでいる。曇った空を映す水は淡くにごり、その下で泳いでいるはずのめだかが見えなかった。

「水島さまがめだかはお腹一杯だとおっしゃったから」

「それで餌やりを止めたのか」

「へえ、まあ」

昨日で学問吟味五日間のすべての日程が終了した。あとは結果を待つばかり。試験の出来は悪くなかったと思うが、犯人があがらなければ倫太郎は失格となる。三年の精進が水の泡となる。

どこから切り出せばよいのか、倫太郎は迷った。今からはじめようとしているのは楽しい話ではない。

日差しが薄いせいか、かえって春らしい朝だった。曇天でも風の底にはやわらかさがあった。芽吹いたばかりの下生えの青さが目に染みる。

足元に生えているのはたんぽぽだった。まだ花は咲いていない。根元に硬い蕾が覗いているだけ。頼りない葉はじっと動かなかった。倫太郎は横を向いて息をついた。

「もう落ちついたかい」

倫太郎は横を向いたまま言った。

「え――？」

「息子さんのこと。あれで気が済んだのかな、と思って」

「何のことだか、わたしにはさっぱり――」

源三は倫太郎の言葉を遮り、頬にひきつった笑いを浮かべた。口角が上がっているのに怒ったような顔だ。

「ずっと家にこもっているそうじゃないか、末の息子さん」

その話は昨夜、木戸門の下番の佐吉に聞いた。

「……」

「陽三さんというんだってね」

そこまで言うと、倫太郎は腰を下ろした。膝を抱えて源三の返事を待つ。水と土の匂いが近くなった。高いところで鳥が鳴いている。

長い溜息が聞こえた。

「やっぱり気づいていなすったんですかい」

「うん」

本当は半信半疑だった。

あの日、倫太郎にいきなり抱きついてきたのは、源三の末息子の陽三だったのである。

子どもの頃から御儒者を目指していたのだという。学問所で下番をする父から優秀な学生たちの話を聞かされるうち、自然とあこがれるようになったらしい。

入寮試験を受けたこともあるそうだ。しかし受からぬまま、昨年三十歳を迎えた。寄宿舎に入れるのは十四から三十歳までの幕臣である。

(あきらめきれねえんでしょう)

とは、佐吉の談である。陽三と同じく学問の道を志していた過去があるだけに、彼の気持ちがわかるのかもしれない。

(水島さまがうらやましかったんだと思います)とも、佐吉は言っていた。

(だからといって、いかさまをしかけたのは許されることじゃありやせんけど)

掏児騒ぎがあった晩、佐吉がこっそり倫太郎を訪ねてきて、あれは源三の末息子だと教えてくれた。数日前から学問所の近辺をうろついていたのだという。佐吉も気になっていたようだが、源三に会いに来ているものと思っていたそうだ。それで咎め立てするのを遠慮していたらしい。

池を見つめていると、ふいに影がかぶさってきた。薄っすらと濁った水面にぼんやりとした人影が倒れる。

仰向くと、源三が深々と腰を折っていた。

「すんませんでした」

「おい、源さん」

「馬鹿息子が大事な試験の邪魔をしまして、本当にもう、何と言ってお詫びしていいものやら……」

語尾は苦しげにかすれ、灰白の鬢が小さくふるえている。

「いいんだよ、無事に試験は受けられたし。何も問題はない」

倫太郎はあわてて立ち上がり、源三の肩に両手をかけた。怖ろしく痩せた肩だった。いいと言うのに源三はうなずかなかった。頑なに首を振り、すんません、すんませんと謝りつづけた。

「顔を上げてくれよ」

「……」

「本当に何も心配することはないのだ。わたしは息子さんを恨みはしないよ。それに源三さんが謝ることじゃない」

懸命に言いながら、倫太郎は一瞬自分の心をいぶかしんだ。なぜ、これほど熱心に言いつのっているのだろうと。

源三の末息子を恨んでもよかったのだ。

お前の息子のせいで大変な目に遭ったと、少しは嘆いてみせたほうがよかったのかもしれない。

倫太郎がそれをしなかったのは、一つには源三を気の毒に思ったからだ。陽三は三十歳のいい大人。年寄りの源三に息子の不始末を詫びさせるのは忍びなかった。ここはやはり、本人が顔を出して頭を下げるべきだろう。

「わたしが悪かったんだよ。試験期間中に散策に行ったりして。おとなしく寮へ戻っていればよかったんだ」

まだ源三は顔を上げない。倫太郎は老いた肩に手をかけたまま、じっとそのままの姿勢でいる。

止んでいた風がそろそろと動き、池に小波をつくっていた。ひそやかな小波。音もなく水の色も変わらない。倫太郎は動かない池の面を眺めた。ときおり銀色にひらめくのはめだかの腹だろうか。相変わらず満腹そうな様子で、めだかの子どもたちは水の中を泳いでいる。

——本当は。

今朝はここへ来たくなかった。もうこれまでのようには源三と話をしたり、笑い合ったりできるとは思えない。陽三の一件で二人の間には溝《みぞ》ができた。

もしかすると、源三は倫太郎が学問吟味に失敗すればいいと思っていたのかもしれない。ちらりと思う。世話役の特権と称してしょっちゅう外歩きをしている倫太郎を、心の底では疎ましく思っていたのかもしれない。

いい気になって、と。倫太郎と比べ、薄暗い部屋に引きこもっている息子の身を哀れに感じただろう。気づかなかった。まったく。自分の行く末のことばかり考えて、その裏で入寮試験に落ちた者の気持ちなど慮《おもんぱか》ろうとしなかった。

しかも、倫太郎はそれを悪いとは思っていないのである。試験とはそういうものだ。どんなに望もうと点数が足りなければそれまでだ。

聞けば、陽三が受けた最後の入寮試験で、倫太郎は彼と言葉を交わしたのだという。ほんのひと言だったようだが。倫太郎は憶えていないが、向こうは今でも忘れていないらしい。

陽三はかなり自信があったのだという。それで気をよくして倫太郎に話しかけたのだとか。それで倫太郎の風貌や話し方から、こいつは駄目だと軽く見ていたようである。

ところが、蓋を開けてみれば結果は逆。陽三は落ち、倫太郎は受かった。しかも倫太郎は寮生の代表をしているという。片や自分は入寮試験の資格も失い――。

それで倫太郎を狙った。倫太郎が学問吟味を受けると聞き、逆恨みを晴らしにきたのだ。

なぜ源三の息子を責めなかったのか。

倫太郎は陽三に感謝したのだ。いかに自分が恵まれた場所に立っているのか、気づかせてくれたから。それが陽三を許すことに決めた理由の二つめである。

いくら陽三が悔しがろうと、寮生の席を譲ろうという気はない。一切ない。

だから、お互いさまだ。

倫太郎はうなだれる源三に向かって、胸のうちでつぶやいた。

おそらく源三は、倅が何かしでかすつもりか承知していたに違いない。それでも目をつぶって放っておいた。だがその一方で、源三は倫太郎の散策を引き止めてくれたのだ。通しませんよ、と。

恨めない、やはり。

仕方ない。生きていると晴天ばかりとはいかない。けれど、曇天も長くつづかないんじゃないかな。今の倫太郎はそう思う。

「ほら、そっちへ行ったぞ」

倫太郎が指で示すと、めだかの子どもたちはそれに従ったものか、一斉にイトミミズに群がった。

なごり雪も消え、土がやわらかくなると、そこここで春の芽があふれ出した。雨のあとの水たまりも、あめんぼうやらイトミミズやらが大勢いてにぎやかしい。それを倫太郎が掌で掬って池のめだかに投げているのである。

学問吟味は不合格だった。

袂から出てきた『五経』の疑いを晴らせなかったせいである。成績は首席だったと古戸李から聞かされている。

この不合格を機に、己を見つめ直すことだ。

次の学問吟味までじっくりと。三年かけて。さすれば、ひと回り大きな人間になれるだろうか。

——でもまあ、これで猶予ができたわけだ。

倫太郎は戯作者になる夢をあきらめるのを止した。せっかく三年も長く学生をつづけられることになったのだ、今すぐ身を引かなくともいいだろう。それこそ、じっくり己の進むべき道を模索すればいい。どうせ、いずれ答えは出るのだと思う。そのときまで足掻くのも悪くない。

――ひょっとして。

試験に落第したのも、神様か仏様の思し召しかもしれないぞ。なんて、不埒なことも考えている。

源三は学問所を辞めた。近くに家があるはずだが、散策の途中で顔を合わせることはない。親しく付き合っていたつもりだったのに、そういえば家の場所は訊いていなかった。きっとこのまま会えなくなるのだろう。

めだかの子どもは腹がへこんできた。生まれたときに母からもらった養分が底をついたのだ。一心にイトミミズを食べている。

めずらしいことに、東馬が池にやって来た。

「部屋にいないと思ったら、こんなところで油を売っていたのか」

「めだかの子を眺めて、生きた学問をしておるのだ」

東馬は鼻を鳴らした。黙って倫太郎の隣に腰を下ろした。

「それより何だ、用事があってきたのだろう」

「ふむ。朝餉の前に、ちと寮の規律について話し合おうかと」

倫太郎は憮然とした。

「また、それか」

「と思ったのだが、それはひとまず置いておく」

歯切れの悪い口調で言うと、東馬は倫太郎の目を覗き込んだ。心意を見透かしてやろうという目つきである。

「お前、戯作を書いているだろう」

「……」

「前に読ませてもらった。ほら、あの『五経』騒ぎの日だ。お前が応対所で尋問を受けている際に、ちょっとな」

倫太郎が不正の疑いをかけられた噂は、すぐに寮内に広がったらしい。当然、東馬の耳にも入る。

そこで東馬は倫太郎が御儒者に囲まれている隙に、頭取の権限で部屋に不正の証拠があるかどうか調べたのだそうだ。

『五経』などを紙に写した痕跡はなかった。文机には書きかけの戯作があるきり。東馬はそれを読んだという。道理で、と思った。最後の一枚を逆さにしたのは東馬だったか。

「なかなかの力作じゃないか」

褒めてくれたが、うなずく気がしなかった。その先に、否定の言葉がつづきそうな雰囲気である。

「だが、ちっともおもしろくない」

案の定だ。東馬は酸っぱいものを食べたような顔をして、首をひねった。

「あれは駄目だ。読んでいると、胸の辺りがむず痒くなる。何というか、こう……、ひどく恥ずかしいものを読まされているようで、どうにもならぬ。お前、戯作の才はないぞ。あきらめろ」

ご丁寧に、東馬は胸を掻きむしる真似までした。

「そんなことを言うなよ。失敬だな」

「しかし事実だ」

「いや、そこまでひどくないだろう。そなたに戯作を読む目がないのだ」

倫太郎が苦しい言い訳をすると、東馬は薄く笑った。

「安心したぞ。人は誰にも苦手なものがあるのだな」

これ以上、聞いていられるか。倫太郎は憤然と腰を上げた。

なぜ、こいつまで落ちたのだろう。それが倫太郎には解せない。最後の勝負だと息巻いていた東馬は点数が足りずに不合格になったのである。それまでの試験では常に次席だったのに。

まあ、試験とはそういうもの。倫太郎も東馬も甘かったということだ。

そのまま立ち去ろうとしたが思い直し、イトミミズまみれの掌を東馬の頬になすりつけた。

――ふん。

東馬が悲鳴を上げるのを背中で聞き、歩こうとしたら基樹が立っていた。

「そうか、今日出てゆくのか」

「お世話になりました」

基樹も不合格になった一人である。今春から寮を出て、通いの学生になるという。大坂からちえみを呼んで所帯を持つことにしたのだ。

学問吟味が終わり、寄宿舎から数人の寮生が羽ばたいていった。合格したのは村瀬隼人に本橋孝之助、それから佐久間信三。隼人はともかく、孝之助と信三が受かったのには驚いた。二人は念仏を唱えたり、泣きべそをかきつつ、その実しっかり結果を出したのだ。まあ、こういうこともある。

「井上さま、どうしたのです」

基樹は頬を押さえて悶絶する東馬を不思議そうにながめた。東馬は猫だけでなく、ミミズも苦手なのである。必死に頬を叩いて土を落とし、襟首にミミズが入ったといって騒いでいる。

知るか。倫太郎は首をかしげて、基樹に向き直った。

「さあ、学問吟味に落第したのがよほど堪えたのかもしれぬ」

「あれはお気の毒でしたな」

「なに、東馬は気の小さいところがあるから。本番には弱いんだろう」

「おや。水島さまはご存知なかったんですか。井上さま、大変だったんですよ」


学問吟味の後半、東馬は掏児騒ぎを起こした男をさがし回っていたのだそうだ。最初は基樹を疑っていた東馬だが、そのあとで聞いた噂で考えを翻した。

倫太郎が掏児と間違われ、それをきっかけに試験の不正が発覚したことから、その騒ぎの元となった男が怪しいと気づいたらしい。

が、見つけられなかった。東馬はまさかそれが下番の源三の身内とは思いもせず、闇雲に学問所近辺を歩き、それらしい男があらわれるのを待っていたのだ。そして雨に降られ、ひどい風邪を引いた。試験の五日目などほとんど朦朧とした状態だったという。

知らなかった。

東馬はまだ叫んでいる。倫太郎はその横に立ち、涙ぐんでいる東馬を見下ろした。

「何だ。おかしな目をして」

口を尖らせて言う東馬の頭を小突き、襟首のところを蛇行しているイトミミズを指でつまみ出してやった。

「憎まれ口を利くから、こういうことになる」

よほど気味が悪いのだろう、東馬は悲鳴を上げた。色白の顔が初恋の人に会った娘のように紅潮している。

――馬鹿だな。

他人のことなど放っておけばいいのに。学問吟味は三年に一度の大事な試験なのだ。自分のことだけ考えていればよかったのだ。

それにしても、つくづく身体の弱いお坊ちゃんだ。この一年の間に、東馬は幾度倒れことだろう。夏風邪を引いたときと、傷んだおむすびで腹痛を起こしたとき。そして今回。

年に三度も倒れるようでは、この先が思いやられる。身体管理も実力のうち。また今年も二人で寮生代表をつとめるのだから、しっかりしてもらわないと。

基樹も池の前に来た。

「おお、生きのいいこまんじゃこや」

「こまんじゃこ?」

はじめて耳にする言葉だった。大坂ではめだかをそんなふうに呼ぶのだという。

ふいに雲が切れて朝の日が池に射した。

イトミミズを狙い、めだかが水面近くに昇ってくる。小さな水鞠が跳ねてぬるんだ池が光った。

春である。新しい季節はもう走り出していた。先につぼみをつけた花梨の花は、今にも咲きそうだ。

明日、またここへ来よう。花風の下でこまんじゃこに餌をやるのだ。東馬も一緒につれてこようか。何なら寮の風紀について話し合ってやってもいい。

池から清い匂いが立ち昇ってくる。

了

本作品は当文庫のための書き下ろしです。

文芸社文庫

うそうそどき

二〇一五年十二月十五日　初版第一刷発行

著者　伊多波　碧
発行者　瓜谷綱延
発行所　株式会社　文芸社
〒一六〇－〇〇二二
東京都新宿区新宿一－一〇－一
電話　〇三－五三六九－三〇六〇（編集）
〇三－五三六九－二二九九（販売）
印刷所　図書印刷株式会社
装幀者　三村淳

ISBN978-4-286-17168-5

［文芸社文庫　既刊本］

トンデモ日本史の真相　史跡お宝編
原田　実
日本史上の奇説・珍説・異端とされる説を徹底検証！　文庫化にあたり、お江をめぐる奇説を含む2項目を追加。墨俣一夜城／ペトログラフ、他

トンデモ日本史の真相　人物伝承編
原田　実
日本史上でまことしやかに語られてきた奇説・珍説・伝承等を徹底検証！　文庫化にあたり、「福澤諭吉は侵略主義者だった？」を追加（解説・芦辺拓）。

戦国の世を生きた七人の女
由良弥生
「お家」のために犠牲となり、人質や政治上の駆け引きの道具にされた乱世の妻妾。悲しみに耐え、懸命に生き抜いた「江姫」らの姿を描く。

江戸暗殺史
森川哲郎
徳川家康の毒殺多用説から、坂本竜馬暗殺事件の謎まで、権力争いによる謀略、暗殺事件の数々。闇へと葬り去られた歴史の真相に迫る。

幕府検死官　玄庵　血闘
加野厚志
慈姑頭に仕込杖、無外流抜刀術の遣い手は、人を救う蘭医にして人斬り。南町奉行所付の「検死官」が、連続女殺しの下手人を追い、お江戸を走る！